책 쓰는
블로그

책 쓰는 블로그

초판 1쇄 인쇄 2012년 03월 26일
초판 1쇄 발행 2012년 03월 28일

지은이 | 김정한
펴낸이 | 손형국
펴낸곳 | (주)에세이퍼블리싱
출판등록 | 2004. 12. 1(제2011-77호)
주소 | 서울시 금천구 가산동 371-28 우림라이온스밸리 C동 101호
홈페이지 | www.book.co.kr
전화번호 | (02)2026-5777
팩스 | (02)2026-5747

ISBN 978-89-6023-777-3 03800

책 쓰는 블로그 BLOG

김정한 지음

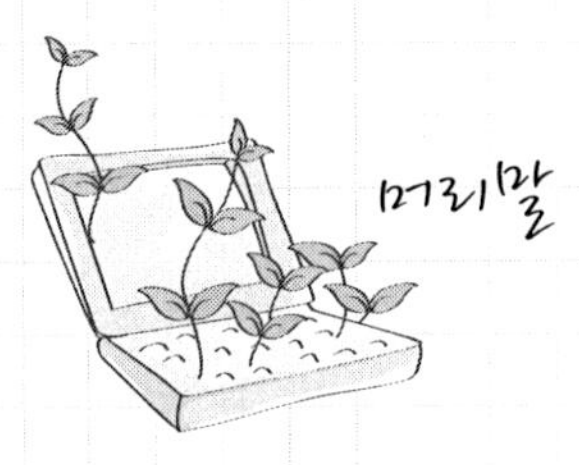

2012년 벽두, 나에게 위기가 닥쳐왔다. 우선 1년 넘게 진행하고 있는 블로그 강좌가 조만간 폐강될 것이라는 예고를 받았다. 전혀 예상하지 못하던 일이다. 우선 해당 강좌가 제법 인기 강좌라 매번 개강할 때마다 일찌감치 마감되는 강좌라는 점도 그렇고, 수강생들의 열의, 재수강 비율에 있어서도 결코 뒤지지 않는다. 다만 취업이 가장 큰 목표인 교육기관이라는 특성에 반해 취업에는 관심이 없는 블로그 수강생들의 차이가 이런 결과를 가져온 것이다. 물론 블로그 전문 마케팅 회사가 많지 않다는 점도 취업률 0%에 수렴하는 인기 강좌의 문제점으로 지적되고 있기는 했다.

또 하나의 위기도 비슷하다. 제법 규모가 큰 직업학교에 출강을 하고 있었는데, 다음 기수 개강이 무산되었다고 한다. 노동부 심사에서 탈락했다던가?

이렇게 두 군데의 강좌가 새해부터 떨어져 나갔거나 떨어져 나갈 상황이 되다 보니 고민이 되기 시작한다. 당연히 수입은 줄어들 것이고, 무언가 돌파구를 마련하지 않으면 심각한 처지에 놓이게 될 것 같다는 절박함……

절박한 상황이라고 말은 하지만 사실 그다지 걱정은 하지 않는다. 전문 강사로 전업을 하고 나서도 한동안 강의가 없어서 사방팔

방 강의 제안서와 이력서를 들이밀어 본 경험이 있고, 그 와중에 수입이 형편없이 줄어서 고생을 하기도 했다. 그런데 신기한 건 그럴 때마다 스스로 방법을 찾게 되고 임시변통이 되었든 아니면 안정적인 상황이 되었든 해결이 되었다.

머칠 전, 자주 뵙지는 못했지만 오래전부터 알던 지인 한 분과 식사를 할 일이 있었다. 그분께서 하신 말 한 마디가 나에게 새로운 아이디어를 던져 주셨다. 그게 바로 지금부터 말하고자 하는 [책 쓰는 블로그]의 출발점이다.

내가 지금까지 가장 공을 많이 들이며 강의하고 있는 블로그 분야는 이제 누구나 다 하는 세상, 전혀 특별할 것도 없고 교육 시장에서는 오히려 조금씩 사장되어 가고 있는 분위기다.

블로그 교육 시장이 사장되어 간다는 건 조금 과장된 표현일지도 모르겠다. 정확하게 말하자면 예전처럼 특별한 무언가가 있는 것처럼 과대 포장되고 전문적인 걸 배우는 것으로 착각하던 시절이 지나고, 누구나 쉽게 쓸 수 있으며 어떤 것이든 자신이 원하는 콘텐츠를 채워나갈 수 있다고 생각하는 사람들이 많아졌다. 그래서 사용하는 사람들의 연령층, 직업군, 블로그 운영 방향 역시 다양해지고 있고, 딱히 배워서 쓰는 것보다는 직접 경험하며 익혀나가는 사람이 늘어나고 말하는 게 정확할 것이다.

위기는 기회의 다른 이름이라는 아주 재미없고 투박한 격언이 있다. 내가 이 책을 쓰겠다고 마음을 먹고, 이런 강좌를 진행하겠다고 결정한 것은 바로 이 고리타분한 격언 덕분이라고 할 수 있겠다.

당장 강좌 두 개가 떨어져 나갈 위기가 닥쳤다. 그리고 딱 그런 결정이 내려진 그때 내게 던져진 화두가 '책 쓰는 블로그'라면 이건 위기의 돌파구를 이 주제에서 찾으라는 것 아닐까?

책 쓰기 강좌는 사방에 널려 있다. 당장 나만 해도 몇 년 전에 인디라이터라는 책 쓰기 강좌를 수강했었다. 그 덕분에 긴 호흡의 글을 쓰는 연습도, 특정 주제를 정해 자료를 수집하고 글을 쓰는 것도, 출판사에 보내야 할 기획서를 만들고 작가 프로필을 작성해보는 것도 모두 경험해보았다.

글쓰기, 책 쓰기를 주제로 한 책들이 내 방 책꽂이 한켠을 장식하고 있다. 외국의 유명 베스트셀러 작가의 글쓰기 책부터 책을 쓰기 위해 글 쓰는 방법을 이야기하는 책, 최근에 구입한 "당장 책을 써라!"라고 호통치는 듯한 부제가 표지를 장식한 책까지……. 세상은 온통 글쓰기, 책 쓰기에 열광하는 것처럼 보인다.

최근 몇 년 사이 출판 시장의 모습은 정말 많이 변했다. 지금도 우리는 작가가 몇 개월, 몇 년을 고민하며 쓴 원고를 들고 출판사 문을 전전하는 모습이 익숙한 그림처럼 느껴진다.

나 역시, 몇 년 전에 쓴 원고를 출판사에 메일로 보내고 답장을 노심초사 기다린 경험이 있다. 워드 프로세서로 300페이지 남짓 글을 썼으니 지금 생각하면 꽤 많은 분량이다. 결론부터 말하자면 그 원고는 여전히 내 컴퓨터 한구석에서 잠자고 있다. 무슨 일을 하는지도 모르는 사람이 원고랍시고 보내며 책을 내달라고 하면……. 지금 생각해 보니 내가 출판사 사장이라도 코웃음치고 말 것이다.

나는 오래전에 대학 교재용으로 책을 네댓 권 출판한 경험이 있다. 홈페이지 제작, 포토샵, 플래시 등의 사용 방법과 연습용 예제를 만들어 책으로 냈다. 그중 일부는 서점에 판매용으로 배포되기도 했었고, 일부는 교재용으로만 판매되기도 했었다. 대학이라는 특수성 때문에 항상 작가 이름은 나 혼자가 아닌 서너 명이 공동 작가로 찍히기는 했지만, 어쨌든 그렇게 책을 몇 번 내 본 경험이 있다.

지금 와서 그 책을 다시 들춰보면 얼굴이 화끈거리는 느낌과 함께 피식 웃음도 나온다. 하지만 그 당시에는 표지에 내 이름 석 자가 자리 잡고 있는 그 책이 정말 마음 설레게 했다.

책을 쓴다는 것은 결코 쉬운 일이 아니다. 하지만 절대 도달할 수 없는 불가능의 영역은 더욱 아니다. 과거와는 다른 프로세스로 운영되는 출판 시장의 변화는 누구나 작가로 데뷔할 수 있는 다양한 길을 제시하고 있다.

최근 많은 사람들의 시선을 잡아끄는 출판 시장의 변화 중에 우리가 관심을 기울여야 할 것들이 있다.

우선 생각해 보아야 할 것은 몇 년 전부터 꾸준히 몸집을 키우고 있는 전자책 단말기다. 전 세계에서 가장 유명하다는 아마존에서도 전자책 단말기를 꾸준히 발표하고 있고, 일본의 소니를 비롯하여 우리나라에서도 몇 종의 전자책 단말기가 판매되고 있다. 최근에는 10만 원이 채 안 되는 가격으로 판매되는 전자책 단말기도 출시되었다. 전자책 단말기의 보급은 우리의 독서 문화에 많은 변화를 예고한다.

우선 출판의 벽이 낮아졌다. 누구나 원하는 콘텐츠를 전자책 단말기 형식으로 제작하여 배포할 수 있다. 물론 기존의 종이책과 여러 면에서 차이가 있겠지만 작가 등단의 문이 보다 넓어졌다는 점은 부인할 수 없다.

더불어 생각해 볼 것은 디지털 인쇄 기술의 발전으로 인한 종이책 출판 비용의 하락이다. 예전처럼 엄청난 금액을 들여야만 책을 낼 수 있는 세상이 아니며, 최소 발행 부수도 예전보다 훨씬 탄력적이다. 물론 그런 변화에도 불구하고 책을 내는 데는 돈이 필요하다. 중요한 것은 예전처럼 거금을 들여서 개인이 감당할 수 없을 정도의 책을 찍어서 결국 남는 책이 폐지가 되느냐, 아니면 합리적인 수준으로 책을 내어 효과적으로 활용할 수 있느냐의 차이일 것이다.

블로그는 꽤 유연한 매체이다. 블로그를 운영하고 싶어 하는 사람은 어떤 주제든 자신이 원하는 내용으로 채워나갈 수 있다. 그리고 그렇게 채워나간 글들은 운영자 스스로 삭제하지 않는 한 지워지지 않는다. 실제로 많은 시인들이 블로그를 시 창작과 발표의 장으로 활용하고 있다. 나 역시 한참 글쓰기 공부를 할 때, 스터디 모임에서 팀 블로그를 운영한 경험이 있다. 스터디 모임 회원들은 정해진 기간 안에 각자 자신의 글을 올리고 다른 회원들은 그 글에 대한 자신의 평가를 덧글로 달아준다. 그런 과정을 통해 글을 다듬고 실력을 향상시켜나가는 경험은 나의 글쓰기에 지속적인 자극제 역할을 했다.

블로그는 기본적으로 운영자 스스로 원하는 콘텐츠를 채우고 방문객은 그 콘텐츠를 읽거나 보면서 소비하는 형태로 운영된다. 이 과정에서 운영자가 미처 생각하지 못했던 부분에 대해 방문객의 조언을 들을 수 있고, 그로 인해 콘텐츠의 질을 높일 수도 있다. 더불어 방문객의 반응을 통해 콘텐츠의 대중성을 사전에 가늠할 수 있는 장점이 있다.

책을 출판한다는 것은 하나의 상품을 만들어 내놓는 행위다. 더구나 작가 혼자 모든 내용을 다 채워야 한다는 특성은 작가의 잘못된 판단으로 전혀 엉뚱한 방향으로 나갈 수 있는 위험도 내포하고 있다. 하지만 블로그에 글을 써서 방문객에게 내보임으로써 이런 잘못을 사전에 방지할 수도 있다.

어떤가?

책을 쓴다는 것과 블로그를 운영한다는 것.

이 두 가지가 만나면 보다 멋진 일이 벌어질 것이라는 예감이 들지 않는가?

나는 지금 쓰고 있는 이 책에 많은 기대를 하고 있다.

[책 쓰는 블로그]를 진행하려면 나 역시 블로그로 책을 써본 경험이 필요하다. 예전에 썼던 네댓 권의 책은 지금 말하고 있는 출판 프로세스와는 전혀 관계없는, 전통적인 방식으로 쓴 것들이다.

지금 쓰고 있는 이 원고를 바로 내가 제안하고자 하는 그 방식 그대로 책으로 출간할 것이다. 그리고 내가 쓴 책을 들고 [책 쓰는 블로그] 강의를 진행할 것이다.

바로 당신 앞에서!

목차

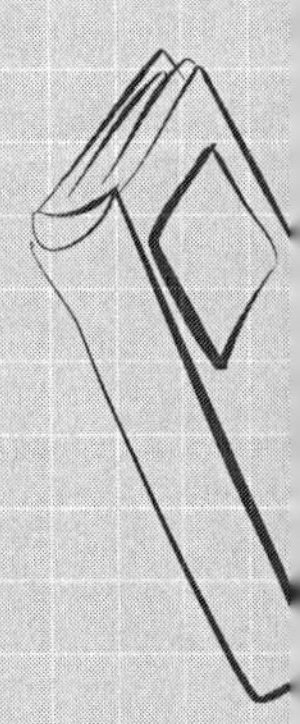

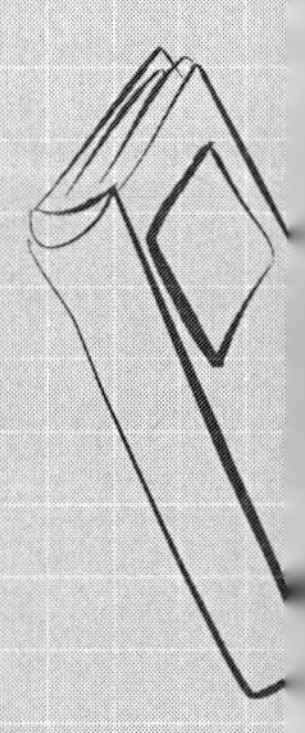

책 쓰는 블로그 플랜

내 이름이 박힌 책 한 권

"책! 이는 듣기만 하여도 가슴 뛰는 말이다."

청춘예찬이 아닌 책 예찬이다. 내 이름 석 자가 박힌 책 한 권! 설레는 말 아닌가?

왜 책을 써야 하는지, 어떻게 써야 할지 고민해보자. 인생 살면서 적어도 내 이름 석 자 박힌 책 한 권쯤은 내봐야 할 것 아닌가?

언젠가 들은 우스갯소리 한 편.

비행기 추락 사고가 생겼을 때, 우선 그 비행기 탑승객 명단을 확인하도록 한다. 만일 비행기에 일본인이 탑승하고 있다면 블랙박스 수거보다 먼저 할 일은 그 일본인의 소지품을 확인하는 것! 일본인들의 꼼꼼한 기록 습관은 추락하는 비행기 안에서도 수첩에 추락 상황을 적을 테니 그것만 확보하면 추락 원인과 추락 당시 상황을 알 수 있다는 것이다.

조선시대만 해도 우리나라는 꼼꼼하게 기록하고 관리하는 문화가 당연한 나라였다. 선비쯤 되면 누구나 책을 썼고, 왕실에서는 심지어 임금님 똥 누는 것까지 기록을 했다고 한다. 만년 후를 기다리는 책을 아는가? 임금님의 일거수일투족을 모두 기록하고, 그렇게 기록된 것은 후대 임금 역시 들춰볼 수 없었다고 한다. 오로지 후대에게 물려주기 위한 상세한 기록, 그렇게 우리 민족은 글을 쓰고 책을 짓고 물려주는 것이 너무도 당연한 민족이다. 그런 선조의 피를 물려받은 우리가 책을 쓰고 자신의 책을 자식들에게 물려주는 것 역시 당연히 할 수 있고, 해야 할 일인지도 모른다.

누구나 할 말, 하고 싶은 말은 많다. 그래서 우리는 모이면 이야기를 주고받는다. 하지만 그렇게 입을 통해 나가는 말이 한 됫박이 된다고 한들 그건 돌아서면 끝이다. 말은 입 밖으로 나가는 순간 사라진다. 그래서 말은 덧없다. 그렇게 이야기를 나눌 때 그 모든 것이 만일 글로 만들어진다면? 그래서 모두 기록으로 남는다면 과연 어떨까?

말이 갖는 힘은 엄청나다. 흔적도 없이 사라질 뿐인 소리가 의미를 갖고 우리로 하여금 행동을 하게 만든다. 그 말에 흔적을 만들어 주는 것, 소리를 빼고 모양을 남기는 것, 그것이 글이며, 그런 글을 모아 만든 것이 책이 아닐까?

제법 말을 잘하는 사람도 글을 쓰라고 하면 자신 없어 하는 모습을 자주 보게 된다. "난 글재주가 없어서……."

생각해 보자. 글재주가 있든 없든 우리는 글과 함께 살아간다. 내가 글을 쓰든, 남이 쓴 글을 읽든 우리는 글을 마주하며 살아간다. 남이 쓴 글, 남의 이름이 박힌 책은 수도 없이 읽어왔다. 지금까지 읽은 무수히 많은 책들의 공통점이 무엇인지 아는가? 그건 바로 "그 중에 내 이름이 박힌 책은 없다"는 것이다.

내가 읽어준 덕분에 작가들은 인세 수입을 올려서 먹고 살았다. 내가 읽어준 그 책 덕분에 작가라는 직업을 가진 그들이 대접을 받으며 살고 있다. 물론 우리는 그들의 책을 읽으며 정보를 얻고, 감성을 다듬었으며, 꿈을 키웠다.

이제 내가 책을 쓰도록 하자. 내 이름 석 자가 들어간 책 한 권을 만들어서 인세를 벌자. 그리고 내 책을 사준 이에게 정보를 주고, 그들의 감성을 울리며 그들의 꿈을 응원해 보자.

내 어릴 적 꿈은 시인

나를 처음 만나는 사람들은 공통적으로 내 첫인상에 대해 이렇게 말을 한다. "술 잘 드시겠네요. 운동도 잘하실 것 같고, 되게 호탕하실 것 같아요." 틀렸다. 난 술을 잘 못 마신다. 술 한 잔만 들이켜도 얼굴이 벌게지고, 심하면 온몸이 빨갛게 물든다. 운동? 초등학교 6학년 때 100m 달리기에서 26초를 넘겨서 경악하는 담임선생님의 얼굴을 보며 멋쩍게 웃었던 기억이 지금도 생생하다.

강사라는 직업을 선택하고 제일 어려웠던 건 여러 사람 앞에서 말을 해야 한다는 점이었다. 술을 마시지도 않았는데 얼굴은 벌겋게 달아오르고 말은 빨라지면서 더듬거리고……. 강의를 오래 하다 보니 지금은 그렇게까지 부끄러워하지는 않지만, 어쨌든 호탕함과도 거리가 멀다.

검은 피부, 큰 골격, 넓은 어깨……. 이런 체형이 주는 인상과는 달리 난 제법 여릿한 감성을 갖고 있고 어려서부터 문학도를 꿈꾸었다. 인생이라는 게 내 맘대로 되는 것이 아닌지라 고등학교를 뜬금없이 공업계 고등학교로 진학해서 기계를 전공하게 되면서 내 꿈과는 멀어진 삶을 살게 되었지만, 난 지금도 여전히 글쟁이를 꿈꾸며 산다.

어릴 적, 그러니까 중학교 시절, 교내 백일장에 출품한 글이 시 부문에서 1등인가 했었던 기억이 난다. 그때, 처음으로 '글 쓰는 데 재질이 있나?'라는 생각을 했었다. 그리고 그때부터 줄곧 내 꿈은 시인이요, 소설가였다. 누군가가 내게 이런 말을 했었다. "야! 시인, 소설가는 돈 못 번대. 그거 하면 가난하대." 그래서 꿈을 하나 추가했다. 여고 국어 선생님! 산뜻한 교복을 입은 여학생들을 앞에 두고 내가 쓴 시, 소설을 읽어주는 국어 선생님! 얼마나 멋진가?

그즈음, 나는 새로운 습관이 생겼다. 잘 때는 잘 깎은 연필과 노트 한 권을 머리맡에 두었다. 가끔 자다가 꿈을 꾸거나, 문득 떠오르는 글감이 있으면 엎드려서 준비한 연필과 노트로 몇 글자 적고는 다시 잤다.

다음 날 일어나서 보면 무슨 말인지 하나도 기억나지 않을 때도 있고, 까맣게 잊었던 걸 그 글을 읽으면서 떠올리기도 했다. 이 습관은 꽤 오래 지속되었다. 아마 군 입대하기 전까지는 계속 그랬던 것 같다. 물론 시인, 소설가, 여고 국어 선생님이라는 꿈은 고등학교에 진학하는 순간 물거품이 되었지만 말이다.

누구나 한때는 시인을, 소설가를 꿈꾸던 시절이 있다. 어쩌면 지금 이 순간에도 문인의 꿈을 버리지 못하고 열병 앓듯 끙끙대는 이도 있을 것이다. 예전에는, 아니 최근까지도 책을 한 권 낸다는 것은 쉬운 일이 아니었다. 물론 지금도 아주 손쉬운 일은 아니다. 하지만 적어도 예전에 비해 많이 쉬워진 것은 사실이다.

꿈을 꾼다는 것은 아직도 내가 심장 펄떡이며 살아있다는 신호다. 인간은 숨을 거두는 바로 그 순간까지도 꿈을 꾼다. 내 가슴을 설레게 할 그런 꿈을 꾸지 못한다면 난 죽은 것이다.

책 한 권을 내겠다는 꿈, 그 꿈을 오래도록 가슴에 품고 살아왔다면, 이제는 세상으로 내보내야 한다. 그 꿈을 이루어서 내 이름 박힌 책 한 권을 내 두 손으로 쥐어 보는 일만 남았다. 책 표지를 넘기고 하얀 속지에 "내 꿈을 선택해 준 당신께 감사드립니다."라는 인사말과 함께 작가 사인을 곁들여 건네는 그 멋진 모습이 이제 나와 당신의 모습이 될 것이다.

참 복잡하고 빠르게 돌아가는 게 요즘이다. 어제 다르고 오늘 다르다는 말을 실감하게 되는 세상이다. 그런 세상에서 희한하게도 예전 모습 그대로 우리 곁을 지키는 몇 안 되는 것 중의 하나가 바로 책이 아닐까 싶다.

예전에는 음악을 들을 때 레코드판을 턴테이블에 올리는 과정이 필요했다. 또는 카세트테이프를 플레이어에 넣고 플레이 버튼을 누르는 과정이 필요했다. 지금은 일회용 라이터 크기의 MP3 플레이어가 필요하다. 이렇게 음악을 듣는 과정도 변했다.

최근에는 전자책 단말기라는 것이 등장해서 몇십, 몇백 권의 책을 넣어 다닐 수 있고, 그렇게 조금 달라진 모습의 책 읽기가 선을 보였다. 하지만 여전히 서점에는 온갖 책들이 즐비하다. 이 모든 책은 누군가의 손으로 쓰였고, 인쇄되어 우리 앞에 놓여있다.

언젠가 우리는 음악 듣는 방법이 변한 것처럼 완벽하게 변한 책 읽기를 필요로 할지 모른다. 지금처럼 두툼한 종이 묶음은 세상에서 사라질지도 모른다.

중요한 것은 겉모습이 아니다. 레코드판이 사라지고 카세트테이프가 자취를 감추었어도 우리는 여전히 스피커로, 이어폰이나 헤드폰으로 음악을 듣는다. 그리고 그 음악은 누군가에 의해 만들어졌다. 책도 마찬가지다. 책이라는 존재가 아예 세상에서 사라지지 않는 한 누군가는 그 책을 읽을 것이고, 또 누군가는 밤 새워 책을 쓸 것이다.

책을 세상에 존재하게 하는 이는 바로 책을 쓰는 작가다. 우리가 내 책을 한 권 갖고 싶다는 열망을 갖고 있는 한, 책은 여전히 세상에서 사라지지 않을 것이다. 그리고 그렇게 만들어진 책은 또 다시 영화로도, 드라마, 연극, 뮤지컬로도 만들어진다.

"내가 책을 내야 할 이유를 모르겠는데?"라는 생각이 든다면 책을 낼 이유가 없는 사람이다. 그런 사람은 책을 내기 위해 고민할 필요도 없다.

나는 책을 내기 위해 고민하는 사람이고, 내가 책을 내야 할 이유, 또는 핑계를 적어도 열두 가지 이상 짚어낼 수 있다.

책을 내고 싶은 간절함을 갖고 있는가? 그렇다면 책을 내야 할 이유는 충분하다. 다른 열한 가지 핑계는 신경 쓰지 않아도 된다. 그냥 지금부터 책을 내기 위한 글을 쓰자. 차곡차곡 쌓인 원고가 책 한 권 분량이 될 때까지…….

내 인생은 파란만장한 장편소설이야

살다 보면 예상치 못한 많은 일들이 벌어진다. 신기한 건 안 좋은 일은 항상 줄줄이 이어진다. 그렇게 정신없이 얻어터지다가 정신을 차려보면 만신창이가 되어 널브러진 자신을 보게 된다. 그러면 한숨 푹 쉬며 이렇게 말한다. "내 인생, 참 파란만장하다."

내 기억 속에서 가장 가슴 아픈 기억은 중학교 시절이었다. 중학교 2학년까지는 정말 남부럽지 않게 살았다. 당시에는 자가용이 흔하지 않던 시절이었는데, 비 오는 날엔 아버지 차로 학교 근처까지 타고 갔었다. 학교 정문까지 가지 못한 이유는 다른 친구들, 선생님의 시기 어린 눈초리를 받기 싫어서였다.

그렇게 여유 있는 생활을 하던 어느 날, 아버지께서 한동안 집에 들어오지 않으셨다. 나중에 알게 된 사실이지만, 당시 아버지께서 주문을 받아 납품한 제품이 사기꾼들의 일에 이용되면서 경제사범으로 교도소에 수감되셨다고 했다.

이후 무혐의 판정을 받아 출소하시기는 했지만, 그때 이후로 줄곧 내리막길을 걷던 아버지의 사업은 그 해 겨울을 넘기지 못하고 문을 닫았다. 그리고 춥고 힘든 겨울이 시작되었다. 전기, 수도가 끊겼다. 한겨울에 촛불을 켜고 밤을 지새웠고, 삼십 분이 넘는 거리를 양동이 두 개를 들고 물을 길어 와야 했다.

그 이후로 조금씩 나아지나 싶으면 어김없이 무언가 일이 터졌다. 심지어 불이 나서 그나마 근근이 운영하시던 공장을 홀랑 태워먹은 적도 있다. 참 길고도 끔찍했던 시기였다.

어떤가? 이 글을 읽는 당신 역시 돌아보면 쉽지 않은 인생을 살아오지 않았는가?

강의를 하다 보면 연세 지긋하신 분들을 종종 뵙는다. 부모님과 비슷한 연배이신 그분들의 이야기를 듣노라면 박경리 선생님의 토지를 읽는 기분이 든다. 정말 진심으로 자서전 한 편 내시라고 권하고 싶다. "선생님 살아오신 이야기를 책으로 내서도 되겠어요." 하면 빙그레 웃으신다. "내가 무슨…… 글재주도 없는데…… 우리 땐 다 그러고 살았어요."

누구나 다 힘들고 어려웠던 그 시절의 이야기는 나이 지긋하신 어르신들에게 향수를 느끼게 한다. 그보다 어린 세대는 말 그대로 근현대사를 배우는 기회가 된다. 쉽게 잊히면 안 되는, 우리들의 삶이다. 그래서 우리는 자서전이 필요하다. 작가에게는 자신이 살아온 삶을 되돌아보고 정리하는 기회가 만들어지는 것이고, 후손들에게는 온고지신(溫故知新)의 지혜를 가질 수 있게 해주는 것이 바로 자서전이다.

내가 살아온 삶, 그날들을 기록하는 것이야 말로 내가 책을 써야 할 진정한 이유 아닐까?

나는 상상을 한다. 지금 쓰고 있는 이 책이 다 만들어지고 난 후의 일을…….

연세 지긋하시고 머리는 백발이신 어르신들, 돋보기안경을 끼고 더듬거리는 손가락으로 키보드를 두들기며 모니터를 바라보시는 그분들 앞에서 [책 쓰는 블로그]를 펼쳐들고 강의를 하고 있다.

컴퓨터에 문외한이신 분도 계실 것이고, 제법 컴퓨터에 능숙한 분들도 계실 게다. 그분들과 함께 블로그를 개설하고, 책 주제에 대해 이야기를 나눈다. 그리고 원고를 쓰는 손길…….

정치인과 같은 유명 인사들이 자서전을 출간했다는 소식을 종종 듣는다. 이들에게 자서전은 어떤 의미일까? 정치, 경제계 인사들에게 자서전은 어쩌면 홍보를 위한 수단일지도 모른다. 자신이 살아온 삶을 정리하고 밝힘으로써 정치인은 유권자에게, 경제인은 소비자에게 선택받으려 하는 마케팅의 일환일 수도 있다.

우리 같은 보통의 사람들, 핸드폰에 담긴 전화번호라야 기껏 몇백 명도 되지 않고, 그나마 자주 연락하는 이는 손으로 꼽을 정도인 우리에게 자서전은 어떤 의미를 가질까?

우리에게도 자서전은 마케팅 도구가 된다. 취업을 앞둔 젊은 구직자라면 보다 체계적인 자기소개서 역할을 할 수도 있고, 나이 지긋한, 은퇴를 앞둔 사람이라면 그간의 경험을 집약하고 제2의 삶을 준비하기 위한 회고록일 수도 있다. 또한 주위 사람들에게 자신의 자서전을 선물함으로써 그들에게 보다 더 가깝게 다가갈 수 있는 기회가 되기도 할 것이다.

우리의 자서전을 행복하게 바라볼 사람이 누굴까? 바로 자녀들이다. 아버지, 어머니의 삶, 자신들을 키우며 행복해하고 힘들어하던 그 모습에 온전히 감동받고 눈물 흘려줄 단 하나의 독자, 우리가 자서전을 써야 할 충분한 이유가 된다.

꿈은 내 삶이 끝나는 날까지

내게는 올해 초등학교 6학년이 된 딸이 하나 있다. 그 딸이 초등학교에 입학하고 얼마나 지났을까, 한번은 내게 이런 질문을 한 적이 있다. "아빠. 꿈이 뭐야?" 꿈이라는 단어를 설명하고 있는데, 고개를 흔들며 다시 묻는다. "아니, 그게 아니라 아빠 꿈은 뭐냐고?"

그때, 딸아이의 물음은 나에게 큰 충격이었다. 마흔을 넘긴 아빠에게도 꿈이 있을까? 사십대 중반, 아직도 흔들리며 불안하게 하루를 살아가는 가장에게도 꿈을 꿀 자격이 있는 걸까? 근데 내 꿈은 뭐였더라?

그때, 딸아이의 물음은 꽤 오랜 시간 동안 나를 괴롭혔다. 내 꿈은 시인이었고, 소설가였다. 몇십 년을 묻어두었던 그 꿈을 다시 꺼내어 보았다. 오래된 낡은 일기장처럼 먼지도 수북하게 쌓인 꿈을 앞에 두고 고민의 시간을 보냈다. 결국 나는 삼십 년도 더 지나서 다시 그 꿈을 향해 도전하기로 했다. 우선 내 꿈을 실현할 수 있는 가장 현실적인 방법을 찾았다.

그때 내가 발견한 것은 『인디라이터』라는 얇은 책 한 권, 그 책은 명로진이라는 작가가 쓴 '책 써서 돈 벌기'라는 주제의 책이었다. 그리고 그 책과 같은 내용으로 강좌가 이루어지고 있다는 걸 알았다. 주말을 이용해서 강좌를 들었고, 그 이후 나는 엄청난 분량의 글을 썼다. 아쉽게도 그 당시 썼던 글들은 아직 책이 되지 못했다. 출판사의 벽은 여전히 너무 높았다.

지금 이 책을 다 쓰고 나면 다시 그 원고를 꺼낼 것이다. 처음부터 다시 들춰볼 것이고, 그렇게 수정을 하고, 분량 줄이기를 거쳐 또 다시 책으로 낼 생각이다. 워드프로세서 300페이지, 200자 원고지로 1,700매면 너무 많은 분량 아닌가? 이걸 줄이고 다듬어서 다시 한 권의 책을 만드는 것이 두 번째 출판 계획이다.

2007년 개봉한, 모건 프리먼과 잭 니콜슨이 주연한 〈버킷리스트〉라는 제목의 영화 한 편이 있다. 줄거리는 참 단순하다. 늙은 자동차 정비사 카터와 재벌 사업가 에드워드는 한 병실에서 만난다. 죽음을 앞둔 두 사람은 의기투합해서 자신들이 죽기 전에 해보고 싶은 일의 목록을 적고 그걸 하나씩 목록에서 지워간다. 그렇게 그들은 해보고 싶은 일을 경험하면서 인생의 마지막을 장식한다.

올해 일흔을 넘기신 내 어머니는 몇 년 전, 컴퓨터를 시작하셨다. 지금은 동네 노인문화센터에서 컴퓨터 강좌는 빠짐없이 수강하신다. 지금까지 내가 드린 디지털 카메라만 세 대째다. 외출하실 때는 항상 카메라를 들고 다니신다. 사진을 찍으시면 컴퓨터로 열어서 편집과 합성 작업을 하신다. 파워포인트로 슬라이드 쇼를 만드시고, 스위시라는 프로그램으로 멋진 애니메이션을 만드신다.

컴퓨터를 시작하신 이후로 어머니는 정말 활기차게 하루를 보내신다. 가끔 작업한 데이터가 날아갔다며 땅이 꺼져라 한숨을 쉬기도 하시지만 그렇게 '저장'의 중요성을 배우신다.

어머니의 올해 목표는 컴퓨터 자격증 취득이다. 막상 자격증을 손에 쥐어도 써먹을 일은 없을지 모른다. 하지만 자격증 취득이라는 목표를 위해 책을 읽고, 컴퓨터를 만지는 시간은 어머니에게 행복 그 자체다.

2년 전에 뇌졸중을 앓으신 후 몸이 불편하신 아버지께서도 같은 노인문화센터에 다니신다. 왕복 3km의 거리를 꼬박 걸어 다니신 지 일 년여가 지났다. 역사 강좌도 들으시고, 바둑도 두신다.

무엇보다 매일 걷는 시간이 아버지의 건강 회복에 가장 큰 도움이 되었다. 집에만 계실 때는 하루가 다르게 몸이 야위셨고 점점 기운을 쓰지 못하셨는데, 노인문화센터에서 즐거운 시간을 보내시면서 조금 살도 찌셨고, 눈에 띄게 활달해지셨다. 지금은 뇌졸중을 앓았다고 이야기하면 다들 놀란다. 그냥 나이가 많아서 걸음이 불편하신 줄 알았다고 한다.

아버지는 다시 건강을 되찾고, 지팡이를 손에서 내려놓는 것을 목표로 정하셨다. 요즘 아버지의 걸음을 보면 그 목표가 거의 이루어져간다는 생각이 든다. 지난겨울, 칼바람을 맞으면서도 아버지는 여전히 왕복 3km를 걸어 다니셨다. 간혹 너무 춥거나 바람이 심해

서 걷지 못하신 날은 센터 내에 있는 헬스장의 러닝머신 위에서라
도 걷는다.

꿈이 있는 삶은 건강하고 활기차다. 바쁘다. 목적지가 정해져 있
으니 허투루 쓸 시간이 없다. 그렇게 꿈은 사람을 움직이게 하고 역
동적인 시간을 보내게 한다.

꿈을 꾸고 있는가? 그 꿈이 나를, 당신을 움직이게 할 것이다.

이제 우리의 버킷리스트에 하나를 적어 넣자. '내 책 쓰기'

우리는 그 목적지를 향해 쉼 없이 달려가야 한다. 바쁜 시간을
쪼개서 써야 하고, 지루할 틈 없이 바쁘게 돌아다녀야 한다. 자료도
찾아야 하고, 글도 써야 한다. 원고가 완성된 뒤에 써야 할 돈도 모
아야 하니 쓸데없는 지출도 줄여야 한다.

책을 쓴다는 것은 단지 열심히 글을 쓰는 것만을 의미하지 않는
다. 책에 쓰인 글은 작가 스스로 책임을 져야 한다. 이렇게 열심히
쓴 글이 책이 완성되어 나온다는 것은 무수히 많은 난관을 넘어서
는 일이다. 책 쓰기의 꿈이 실현되고 난 후, 그로 인해 변화된 스스
로의 모습을 지켜보는 것은 꿈이 실현되는 것만큼 의미 있는 경험
이 될 것이다.

내가 처음 책이라는 걸 쓰게 된 게 아마 2003년 여름이었을 것이다. 당시 수도권 대학 몇 군데 출강을 하고 있었는데 마땅하게 사용할 교재를 구하기 힘들었다. 서점에서 아무리 둘러봐도 내가 진행하는 커리큘럼에 맞는 교재는 구할 수 없었다. 교재에 맞춰 커리큘럼을 수정하든가, 커리큘럼에 맞는 교재를 직접 준비해야 하는 상황이었다.

다행히 당시 강의를 하던 대학 한 곳이 자체 출판부를 두고 있었다. 그동안 강의하며 짬짬이 만들어둔 자료들을 정리해 보니 얼추 책 한 권 분량이 나왔다. 이 정도면 금방 쓰겠다고 생각했다. 아무것도 모르니 쉽게 결정했던 것 같다. 겁 없이 책을 쓰겠다고 덤벼들었다.

일주일 정도 지난 후, 내가 왜 책을 쓸 생각을 했을까 후회하기 시작했다. 그냥 난이도에 맞춰 정리하고 적당한 이미지 넣으면 끝날 것이라고 생각했었는데, 막상 쓰다 보니 할 일이 계속 튀어나왔다.

일단 자료를 난이도에 따라 분류하는 일도 쉬운 게 아니고, 분류한 자료를 그대로 쓸 수도 없었다. 수업 시간에 복사해서 배포하는 유인물은 조금 부족한 부분이 있다고 해도 강의 중에 보충 설명을 해주면 되니까 지장이 없다. 하지만 책은 따로 설명해줄 수 없으니 그 모든 걸 다 담아야 한다. 유인물로 배포할 종이 한 장 분량의 내용을 책으로 쓰려니 심하게는 열 페이지 이상으로 늘어났다. 게다가 설명에 맞는 이미지도 필요했다. 결국 여름방학 두 달 반을 꼬박 책 쓰는 데 투자했었다.

출판사에 원고를 넘긴 후에도 할 일은 끝날 줄 몰랐다. 출판사에서 보내온 출력물을 보면서 교정을 해야 한다. 그렇게 꼼꼼하게 살펴가며 썼건만 웬 오타는 이리도 많고, 이미지 배치는 엉망인지 교정보는 데에도 꽤 오랜 시간이 걸렸다.

그렇게 해서 교정 작업만 두세 번을 했던 기억이 난다. 교정이 끝났다고 해서 모든 게 끝난 게 아니라는 사실에는 고개를 절레절레 흔들 수밖에 없었다. 작가 프로필, 머리말, 책 뒤에 들어가는 찾아보기 정리, 책 앞 뒤 표지에 들어갈 문구까지……. 작가 사진도 한 장 달라고 한다.

처음 책을 쓰기 시작할 때는 후다닥 써서 넘기면 가을 학기부터는 교재로 쓸 수 있을 거라 생각했었다. 하지만 이렇게 생각지도 못한 작업들 덕분에 겨울방학을 넘기고 신학기가 되어서야 겨우 수업 교재로 사용할 수 있었다.

두 번째 책을 쓸 때는 처음의 경험이 도움이 되어 시간을 많이 줄일 수 있었다. 하지만 원고를 쓰는 데 걸리는 시간은 아무리 노력을 해도 줄어들 수 없는 부분이다. 처음부터 끝까지 내가 생각하고 타이핑하고 필요한 자료 정리하고 사진도 준비해야 한다.

출판 전에 꼭 해야 하는 교정 작업 역시 마찬가지다. 가끔 돈 주고 구입한 책에서 오탈자가 발견되면 책에 대한 신뢰감이 뚝 떨어지는 느낌을 받게 된다. 출판사에서도, 작가도 열심히 찾아서 고치지만 그럼에도 불구하고 눈에 띄지 않는 오탈자가 결국 완성된 책을 망치기도 한다. 발견된 오탈자는 다음 번 인쇄 때나 되어야 수정할 수 있으니 두고두고 작가와 출판사 속을 썩이게 된다.

내가 아는 작가 하나는 5년여에 걸친 자료 수집과 현장 답사, 엄청난 양의 사진까지 준비해서 장편 추리소설을 한 편 썼다. 책을 읽으며 치밀한 구성, 섬세한 묘사, 허를 찌르는 반전에 무릎을 쳐야 하는데, 내 눈에는 오탈자와 잘못된 문장만 눈에 띄었다. 안타까운 마음에 책을 세 번이나 읽으며 오류를 찾아서 알려주었다. 2쇄 들어가면 꼭 수정하겠다며 고마워했다. 그 책은 2쇄 들어가지 못한 것으로 알고 있다. 결국 오류를 고칠 기회가 없어지고 말았다.

이렇게 책을 내는 데에는 무척 많은 공이 들어간다. 책 한 권을 낸다는 것은 작가, 출판사의 시간을 수도 없이 쏟아 붓는 작업이다. 그런데 어렵게 낸 책이 독자들의 선택을 받지 못한다면 어쩌겠는가?

출판사 입장에서는 책 한권 내는 데 들인 인력과 비용을 회수하지 못하고 적자를 보게 된다는 것을 의미한다. 작가 입장에서는 힘

들여 쓴 책이 사장되어버리는 것만큼 안타까운 것이 또 있을까?

작가들은 흔히 책을 자식에 비유한다. 책을 쓰는 과정을 임신의 기간으로, 출판 과정을 출산으로, 책이 서점에 깔리고 나면 자식의 삶이 시작된 것으로······.

공들여 만든 책이 사장된다는 건, 고통스럽게 낳은 자식의 생명이 스러져가는 것과 비교할 수 있지 않을까?

소설, 시와 같은 문학 분야의 경우에는 이야기가 다르겠지만 일반적인 에세이나 처세술, 설명서에 해당하는 책은 집필에서 출간까지 걸리는 시간을 최대한 줄이는 것도 중요하다.

가령 컴퓨터 프로그램의 사용 설명을 위한 책의 경우가 그렇다. 새로운 프로그램이 출시되면 불과 며칠, 오래 걸려도 한 달이 안 되어 서점에는 해당 프로그램 설명서가 깔린다. 그렇게 초반에 출간되는 책은 기본적인 기능 설명인 경우가 많다. 그 이후 프로그램을 활용한 다양한 기법이나 노하우를 담은 책들이 선을 보인다.

초기에 출간되는 책들은 말 그대로 시간 싸움이다. 프로그램 출시 시기가 되면 사전에 작가와 합의하고 모든 준비를 끝내고 기다린다. 프로그램 출시와 함께, 혹은 작가의 능력에 따라 사전에 프로그램을 검토할 수도 있을 것이다.

내가 책을 쓰면서 원고 집필에 투자한 시간이 대체로 3개월 수준이었다.

주제가 정해지고 집중해서 원고를 써나가면 책 한 권 쓰는 데 3개월이면 충분하다.

메모, 시간 관리 분야의 경우에는 일본 작가의 책이 번역 출간되는 경우가 많다. 일본인 특유의 꼼꼼함이 빛을 발하는 분야가 아닐까 싶다.

언젠가 읽었던 책에서 작가는 일 년에 열 권 이상의 책을 출간하는 비결을 이렇게 설명한다. "일을 하는 내내 계속 메모를 한다. 메모가 어려우면 녹음을 한다. 입고 있던 와이셔츠에 메모한 적도 있다. 이렇게 쌓인 메모는 비서를 통해 정리한다. 틈틈이 글을 쓴다. 책 한 권 분량이 되면 책으로 출간한다."

이 작가는 일상생활이 모두 원고 집필과 연결되어 있다는 말이다. 이렇게 해도 한 달은 걸려야 책 한 권이 나올 수 있다는 말이다.

우리가 책을 쓰겠다고 마음을 먹으면 적어도 두세 달 이상 꾸준히 써야 한다. 예전에 '책 쓰기 강좌'를 들었을 때 강사는 이렇게 말했다. "매일 A4 용지 두세 장 이상을 써야 합니다. 그렇게 꾸준히 써야 책을 낼 수 있습니다. 그럴 자신이 없으신가요? 그렇다면 이번 생에 책 내는 건 포기하세요. 모르죠. 잘 하면 다음 생에는 어떻게 한 권 낼 수 있을지⋯⋯."

우스갯소리처럼 한 이야기지만 맞는 말이다.

책을 쓰려면 매일 꾸준하게 글을 쓰는 습관이 필요하다.

아직도 할 말은 많다

　책을 내려고 할 때 가장 많이 하게 되는 고민은 이런 것이다. "내가 뭐, 글을 좀 쓰기는 하지만, 책 한 권을 어떻게 채워? 할 말이 뭐 그리 많다고……."

　정말 할 말이 그렇게 없을까? 자서전을 한 편 낸다고 생각해 보자. 초등학교 이전은 잘 기억이 나지 않으니 그렇다 치고, 초등학교 시절부터 1년에 한 페이지씩만 채워도 최소한 나이만큼의 페이지 수는 확보된다. 거기에 입학, 졸업, 방학과 같은 날에 대한 기억은 조금 더 늘려서 두세 페이지쯤 넣을 수 있지 않을까? 남자의 경우에는 군 시절 이야기에 꽤 많은 분량을 할애할 수 있을 것이다. 결혼, 출산, 부모님과 가족 이야기까지……

　이렇게 생각하면 아무리 못해도 100여 페이지는 충분히 채울 수 있다. 우리가 서점에서 만나는 책의 대부분은 이 정도 분량으로 만들어진다.

글을 쓰는 것은 습관이다. 평소에 글을 쓰는 습관을 갖고 있다면 조금만 신경을 쓰고 노력을 기울이면 많은 분량의 글을 쓰는 것이 그렇게 어렵지는 않을 것이다. 글을 자주 써본 경험이 없는 사람이라면 지금부터라도 습관을 들이면 된다.

KBS에서 2010년 1월, 신년 특집 2부작으로 방송을 했던 〈습관〉이라는 프로그램이 있다. 이 프로그램에서는 습관이 무엇인지, 어떻게 해야 안 좋은 습관을 없애고 좋은 습관을 들일 수 있는지에 대해 이야기한다. 실험에 참여한 피실험자들은 평소 갖고 있던 안 좋은 습관을 성공적으로 없앨 수 있었고, 학업 성적을 높일 수 있었다.

이 프로그램에서 이야기하는 핵심은 단 세 가지다.

첫 번째는 66일이라는 시간이다. 새로운 습관이 만들어지거나, 고치고 싶은 습관을 털어내는 데에 걸리는 시간이 평균 66일이라고 한다. 두 달이 조금 넘는 기간이다. 두 번째는 기록, 즉 자신이 세운 목표를 위해 해야 할 일의 목록을 정하고 매일 기록한다. 이를 통해 얼마나 노력했는지를 직접 확인한다. 마지막은 자기 보상이다. 목표를 잘 지켰을 때에는 스스로에게 보상을 하는 것이다.

피실험자로 등장한 여대생은 방 정리를 잘 하고 싶다는 목표를 세우고, 매일 정리한 내용을 기록하며 일정 수준의 목표를 지켰을 경우에는 손톱 손질을 하는 것으로 자기 보상을 정했다. 그리고 위에서 말한 66일, 즉 두 달이 조금 넘는 기간이 지나자 방 정리하는 습관이 완전히 자리를 잡았음을 보여주었다.

책을 한 권 쓰겠다고 마음을 먹었다면 우리 역시 이렇게 습관을 만들어야 한다. 어떻게 하면 될까?

1. 하루에 2페이지 분량의 글을 쓴다.

2. 매일 일정한 시간을 정해 글을 쓰기 시작한다.

3. 2페이지를 완성하기 전까지는 자리에서 일어나지 않는다.

이 정도면 되지 않을까?

글의 양이 100페이지 정도면 책 한 권을 만들 수 있다고 했다. 매일 두 페이지씩 쓸 경우, 66일에 132페이지를 쓸 수 있다. 두 달이면 책 한 권을 완성할 수 있다는 말이다.

문제는 또 있다. 무엇을 쓸 것인가, 즉 책의 주제를 정하는 일이다. 현재 내가 가장 관심을 갖는 분야가 무엇인지 생각해 보도록 하자. 그리고 그에 대해 글을 쓰기 시작하자.

사실 책을 쓰기 위해서는 많은 것들이 필요하다.

주제도 정해야 하고, 목차도 정해야 하고, 어떤 방향으로 글을 쓸지도 정해야 한다. 보통 책을 쓰기 전에 기획서를 먼저 쓰는 경우가 많다. 기획서는 보통 누군가에게 보여주기 위한 것이다. 책을 쓰기 위한 기획서라면 출판사를 염두에 두고 쓰게 될 것이다. 출판 의사를 타진하기 위해서 기획서 검토를 요청하게 될 테니 말이다.

물론 우리는 조금 다른 방향의 출판, 자비 출판을 염두에 두고 있으니 출판사에 출판 요청을 하지 않을 수도 있다. 하지만 출판사에서 내가 쓰고 있는 원고를 출판하겠다고 연락이 온다면 거절할 이유가 없다. 다만 얼마라도 계약금도 받을 것이고, 내가 해야 할 일이 많이 줄어들 테니 말이다.

하지만 기획서는 출판사에 보여주기 위해 작성하는 것만은 아니다. 기획서를 작성해 보면 내가 쓰고 싶은 책에 대해 커다란 밑그림을 그리게 되고 내가 어떻게 해야 하는지 분명하게 정리할 수 있다.

주제를 정하면 제일 먼저 할 일은 바로 이 기획서를 쓰는 일이다. 뒤에 기획서를 쓰는 부분에 대해 구체적으로 다루도록 하겠다.

다시 책의 주제를 정하는 이야기로 돌아가 보자.

지금 내가 쓰는 책, 여러분이 읽고 있는 책의 주제는 '책 쓰는 블로그'다. 처음에는 이 주제로 강의를 하겠다고 마음을 먹었고, 강의안을 작성하기 시작했다. 강의안을 작성하며 자료를 찾다 보니 블로그에 관한 자료, 책 쓰기에 관한 자료는 많이 찾을 수 있었지만, 둘을 한데 묶은 자료는 별로 눈에 띄지 않았다. 게다가 나 스스로도 그렇게 책을 써본 경험이 없다는 게 문제였다. 더구나 자비 출판에 대한 경험이 없는 내가 자비 출판에 관한 내용을 강의할 수는 없는 일. 그래서 두 마리 토끼를 잡겠다고 마음먹었다. 강의에 필요한 책을 스스로 써보자는 것이 첫 번째 토끼고, 자비 출판을 직접 경험해 보자는 것이 두 번째 토끼다.

책의 주제를 정하는 일은 결코 쉬운 일이 아니다. 하지만 어렵게 생각하면 하염없이 어려워진다. 생각해 보자. 내가 하고 싶은 말, 해야 할 말이 얼마나 많은가? 그 무수히 많은 말들을 잡아서 글로 쓰는 것, 그것이 바로 주제를 정하는 일이다.

지금 머리에 떠오르는 바로 그 생각! 그것을 책으로 쓰면 된다.

우리는 스스로 생각하는 것보다 꽤 많은 것을 알고 있다. 또한 세상에 무수히 많은 책들이 나와 있지만 내가 써야 할 바로 그 책은 아직 세상에 나온 적이 없다. 그게 바로 내가, 여러분이 책을 써야 하는 이유다.

책 쓰는 블로그 플랜

PART 2

왜 블로그인가?

블로그가 세상에 선보인 것이 1990년대 후반이다. 우리나라에 블로그가 소개된 것은 2002년이고, 본격적으로 활용되기 시작한 것이 2004년 무렵이다. 10년이면 강산이 변한다고 했는데, 블로그가 우리나라에 선보인 지 10년이 되었으니 이제 블로그의 모습도 변할 때가 되었다.

블로그가 소개된 초창기에 사용하기 시작한 사람들 중에는 자신의 개인 브랜드를 단단하게 구축하고 전문가로 자리 잡은 사람들이 꽤 많다. 물론 훨씬 나중에 시작한 사람들 중에도 블로그로 자신의 영역을 확고히 꾸린 사람들이 많다. 우리는 이런 사람들을 파워블로거라 부른다.

블로그의 사전적 의미에는 '개인 일기장으로 출발한 일인 미디어'라는 설명이 나온다. 이 말은 여러모로 큰 의미를 갖는다. 우선 일기장은 자신이 살아온 날들을 기록하는 공간이다. 지극히 개인적인 일들을 적게 된다. 그리고 미디어라는 말에서 우리는 대중을 떠올린다. 미디어는 보고 듣고 읽어주는 독자가 필요하다. 독자가 없는 미디어는 있을 수 없다.

일인 미디어에서 말하는 일인은 한 사람, 즉 미디어의 운영을 책임지는 사람이 하나면 충분하다는 뜻도 담고 있다. 쉽게 떠올릴 수 있는 미디어로 우리는 TV, 영화, 라디오, 신문 등을 꼽는다. 물론 인터넷도 미디어로 인정받고 있다. 어쨌든 미디어는 대중을 독자로 끌어들이는 특징을 갖고 있다.

책 역시 독자가 필요하다. 책을 낸다는 것은 대중들에게 읽히기 위한 행위다. 따라서 책 역시 미디어의 하나라고 볼 수 있다. 전통적으로 미디어라고 부르는 것들과의 차이라면 그것들에 비교해서 책이 덜 적극적이라는 정도일 것이다. 책은 한 번 세상에 내놓으면 그 내용이 거의 바뀌지 않는다. 기껏해야 오탈자 수정을 하는 정도다. 또 하나의 차이가 있다. 다른 매체들의 경우에는 콘텐츠를 지속적으로 생산해야 한다. 독자는 미디어를 통해 만들어진 콘텐츠를 지속적으로 소비한다. 책은 다르다. 책은 그 자체가 콘텐츠다. 미디어와 콘텐츠의 역할을 모두 담당하는 것이 바로 책이다. 따라서 책은 소장의 가치가 있다. 지금 내 방 책꽂이에는 부모님께서 젊으셨을 때 구입하신, 가격표에 500환이라고 찍힌 백과사전과 그 당시의 책 몇 권이 자리를 잡고 있다.

블로그는 앞서 말한 글쓰기를 습관화하기 좋은 매체다. 매일 일정 분량의 글을 꾸준히 쓰는 것은 사실 블로그가 아니어도 상관없다. 그냥 워드프로세서로 작성해도 되고, 200자 원고지 뭉치에 만년필로 써도 상관없다. 블로그가 좋은 점은 지속적으로 글을 쓰기 위한 자극을 준다는 데에 있다. 블로그에 글을 올리면 내 블로그를 찾아온 이들이 그 글을 읽는다. 글이 마음에 들면 추천도 해주고, 가끔 덧글도 달아준다. 누군가는 내가 쓴 글의 문제점을 지적할 수도 있고, 원하는 글의 방향을 요구하기도 한다. 이렇게 자극을 받으면 글을 쓰고자 하는 열망이 커진다. 게다가 내 원고의 문제점을 파악하거나 나아갈 방향을 수정하는 데에 도움을 준다.

블로그로 책을 쓰는 것의 좋은 점은 또 있다. 만일 워드프로세서로 원고를 쓴다면 저장된 파일을 항상 갖고 다녀야 한다. 그래야 언제 어디서고 필요할 때마다 원고를 쓸 수 있을 테니 말이다. 하지만 블로그를 이용하면 그럴 필요가 없다. 인터넷만 이용할 수 있다면 어디서든 원고를 쓸 수 있다. 심지어 스마트폰으로 흔들리는 버스 안에서도 원고 쓰기가 가능하다.

장소의 제한 없이, 독자들의 반응을 확인하고, 필요할 때마다 즉각 수정이 가능한, 살아있는 원고를 쓰고 그렇게 책을 만들 수 있는 매체로 블로그만 한 게 없다.

우리가 블로그로 책을 써야 하는 이유가 바로 여기 있다.

왜 블로그가 필요하지?

　며칠 전, 소설을 다섯 편 정도 발표한 소설가의 집을 방문했다. 꽤 넓은 그의 아파트를 구경하다가 딱 발길이 멈춘 곳은 다름 아닌 그의 집필실이었다. 안방보다 더 넓은 공간을 잘 꾸며서 집필실로 사용하고 있었다. 방문을 열고 들어가면 벽을 빙 둘러 책꽂이가 놓여 있고, 온갖 책들이 빽빽하게 들어차 있었다. 그리고 커다란 책상 위에는 노트북 한 대가 자리를 잡고 있었다. 그 주위에는 책과 종이가 수북하게 쌓여있었다. 조명은 너무 밝거나 자극적이지 않고 은은했으며 차분하게 마음이 가라앉는 느낌이었다. 그의 넓은 아파트보다 집필실이 더 부러웠다.

　노트북 액정에는 지금 집필 중인 원고 페이지가 펼쳐져 있었다. 우리에게 너무도 익숙한 훈글 워드프로세서였다. 현역 소설가라 무언가 대단한 프로그램을 사용하시나 했는데 그 흔한 훈글이라니 하는 생각이 들었다.

하루 일과를 여쭈어 봤다. "뭐, 별거 없어요."라며 빙그레 웃으신다.

아침에 일어나서 밤에 잠들 때까지 특별한 일이 없으면 아예 외출을 하지 않는단다. 집 근처에서 운동을 하고, 자료를 뒤지고, 오전과 저녁 시간에 글을 쓴다고 한다. 대부분의 경우에는 정해진 시간 동안 원고를 쓰는데, 간혹 글이 잘 써질 때는 그 시간을 무시하기도 한다며 "심심하게 살죠?" 하신다.

말 그대로 전문 작가로서의 가장 보편적인 모습이 아닐까 싶다. 글쓰기가 직업인 사람들은 사실 글을 쓰는 데에 전혀 문제가 없다. 따라서 가장 편하게 쓸 수 있는 방법을 이용하면 그만이다.

소설가 김홍신을 비롯해서 유명한 작가 중에는 아직도 원고지에 만년필로 글을 쓰시는 분들도 있다고 한다. 너무 오래도록 펜을 쥐고 살아서 손가락이 비틀어져 고통스럽다고 말씀하신다. 컴퓨터로 모든 걸 다 하는 세상에서 아직도 원고지에 만년필이라니? 의외이기는 하다. 하지만 작가에게 컴퓨터, 원고지, 만년필…… 이것들은 단지 글을 쓰는 방법일 뿐이다.

우리는 어떤가?

직장에 다니고 있거나, 집안일에 바쁘거나, 사업을 하거나…… 글쓰기가 아닌 다른 본업을 갖고 있는 경우가 대부분이다. 그런 상황에서 작가들처럼 글에 매달리는 건 어렵다. 아니, 불가능하다고 보아야 한다.

우리에게는 짬짬이 몇 줄 쓸 시간밖에 없고, 글을 쓰는 것보다 몇 배는 긴급한 일이 수시로 터진다. 모처럼 맘먹고 글을 쓰려고 했는데, 집필 중인 원고를 집에 두고 왔다거나, 또는 파일을 열어서 막 타이핑을 시작하려고 하는데 갑자기 상사가 호출을 하기도 한다. 급한 제안서를 완성해야 한다나?

이래서야 큰맘 먹고 시작한 책 쓰기는 결국 시간이 지나면 흐지부지될 수밖에 없다. 더구나 하루 이틀에 끝나는 게 아니다 보니 스스로에게 동기부여를 하고 계속 글을 쓰는 것도 쉽지 않다.

원고를 워드프로세서로 작성해서 파일로 보관하는 데에는 또 다른 문제가 있다. 집에서 작성하던 원고를 컴퓨터에 저장해 두고, 출근할 때에는 메모리에 담아 가지고 나간다. 혹시나 싶어 메일을 이용해서 나에게 보내기도 한다. 며칠 지나면 도대체 어떤 원고가 가장 최근의 원고인지도 헷갈리고 더 시간이 지나면 원고 파일 관리하기도 힘들어진다.

블로그를 이용하면 어떤 점에서 도움이 될까?

우선 원고를 별도로 보관할 필요가 없다. 어디서든 인터넷만 된다면 바로 글을 쓸 수 있다. 지금까지 써둔 원고가 모두 포스팅 되어 있으니 가장 마지막에 올린 포스트만 확인하면 이어 쓸 수 있다.

원고를 쓰면서 자료를 열람해야 한다면 별도의 창을 띄워서 해당 자료를 볼 수 있다. 글을 다 완성하지 못한 상태인데 상사가 호출한다면? 일단 임시 저장을 해두면 된다. 나중에 다시 글을 쓸 때 언제든 다시 불러서 이어 쓸 수 있다.

블로그에 올리는 원고가 다른 사람이 보면 곤란할 내용일 경우에는 언제든 비공개로 막으면 되고, 공개해도 되는 내용이라면 그냥 올리면 된다.

더불어 별도로 자료 스크랩을 위한 카테고리를 만들어두면 자료를 찾느라 헤매지 않아도 된다. 필요한 자료를 찾으면 블로그에 올린다. 사진을 찍어 올리든, 녹음한 데이터를 파일로 올리든, 타이핑을 해서 올리든 무조건 올리면 자료로 활용할 수 있다. 다른 사람들에게 공개할 수 없는 자료는 비공개로 올리면 된다.

공개한 원고일 경우에는 글 내용에 대한 방문객의 반응을 확인할 수 있다. 간혹 덧글이 달릴 수도 있고, 방문객 수가 늘어날 수도 있으며, 메타블로그를 통해 공개하고 추천 버튼을 달아서 방문객의 추천을 유도할 수도 있다.

지루하게 혼자 쓰는 것보다는 훨씬 낫다. 우선 다른 이들이 읽고 있다는 것을 확인하면서 알게 모르게 자극을 받는다. 추천 수가 올라가거나 덧글이라도 달리면 사그라지던 의욕이 불끈 솟구친다.

블로그를 이용하면 이렇게 책 쓰기를 계속할 수 있는 동기를 부여해준다.

어쩌면 덧글로 글의 방향, 독자로서 원하는 내용에 대한 내용을 알게 될 수도 있다. "좋은 글 잘 읽었습니다. 파이팅!"과 같은 덧글이 달리면 용기백배해서 글을 쓸 수 있다. 좋은 추진력이 되는 셈이다. 물론 악플이 달릴 수도 있고, 이를 보게 되면 의욕이 꺾일 수도 있다. 하지만 악플 역시 나에 대한, 내가 쓴 글에 대한 관심이다. 악플은 말 그대로 입에 쓴 약이라고 생각하면 된다.

블로그로 책을 쓰는 것은 중간에 꺾이지 않을 동력이 되어줄 수

도 있고, 잠재 독자를 만들 수도 있으며, 내 책 쓰기에 도움이 되는
선생님을 만들 수 있는 계기도 된다.

블로그로 무엇을 할 수 있을까?

블로그가 국내에 선보인 지도 10년이 다 되어간다. IT업계에서 10년이면 정말 오랜 시간이다. 지난 10여 년 동안 많은 인터넷 서비스가 새로 선을 보여서 사용자들의 관심을 받다가 어느 날 소리 소문 없이 사라지기를 반복해 왔다. 최근 대세로 자리를 잡고 있는 트위터나 페이스북은 10여 년 전에는 세상에 존재하지 않던 서비스다.

물론 트위터나 페이스북은 특정 회사의 서비스일 뿐이고, 블로그는 인터넷 서비스 사업자들이 보편적으로 제공하는 서비스이며, 마음만 먹으면 내 컴퓨터에 설치해서 직접 서비스를 제공할 수도 있으므로 직접적인 비교의 대상은 아닐 수도 있다.

최근 SNS를 이야기할 때면 트위터, 페이스북과 함께 꼭 등장하는 이름이 바로 블로그다. 그만큼 블로그의 영향력은 여전하다는 이야기고, 중요한 매체로 활용되고 있다는 말이다.

도대체 사람들은 왜 블로그를 이용할까? 블로그에서 주로 어떤 이야기를 하고 있고, 그렇게 생산된 콘텐츠는 어떻게 활용되고 있는 걸까?

내가 진행하는 블로그 강좌 수강생들을 보면 주로 30대 이상의 가정주부가 많다. 더불어 직장인, 연세가 있으신 어르신들도 자주 눈에 띈다.

블로그를 하고 싶은 이유를 들어보면 모두 남다른 이유가 있다.

아이들이 어느 정도 커서 이젠 시간 여유가 있는데, 직장을 다닐 정도는 아니고 집에만 있자니 점점 뒤처지는 것 같아서 블로그를 해보고 싶다는 분들도 있다. 직장을 다니는 분들의 경우에는 자신만의 직장 노하우를 공유하고 싶다는 분들도 있고, 나이 많으신 분들 중에는 살면서 터득한 삶의 지혜를 정리하고 싶다는 분들도 있다. 음식 레시피, 여행 정보, 업종별 업무 노하우, 다이어트 정보, 심지어 동양철학까지, 많은 내용들을 블로그에 올리고 싶어 한다.

파워블로거라고 평가받는 사람들의 블로그를 들여다보면 정말 다양하다. 정치 평론, 연예 정보와 비평, 생활의 지혜, 직접 취재한 기사를 올리는 블로그 기자도 있다.

언젠가부터 블로그라는 말이 너무도 자연스럽게 사용되고 있다. 그만큼 생활과 밀접하게 관련되어 있다는 말이 된다. 가장 큰 이유는 기록을 남긴다는 데에 있다. 그것도 언제 어디서든 확인이 가능하고, 다른 이들과 교감하면서 삶의 흔적을 남길 수 있다는 데에 매력이 있는 것이다.

블로그가 이렇게 기록을 남기는 역할만을 한다면 그 매력은 반쪽짜리일 것이다. 사람이 모이는 곳에서는 항상 새로운 기회가 생긴다. 잘 가꾼 블로그로 스타가 되는 사람도 있다. 쇼핑몰을 운영하는 입장에서 블로그는 마케팅을 위한 효율적인 도구가 되기도 한다. 블로그를 통해 꾸준히 새로운 작품을 발표하는 시인도 있고, 프로젝트 진행을 위해 여럿이 함께 모여 블로그를 운영하기도 한다. 티스토리 서비스의 경우에는 이를 위해 팀블로그 서비스를 제공하기도 한다. 티스토리에 계정을 가지고 있는 블로거를 초대하여 함께 하나의 블로그를 운영하는 것이다. 이를 통해 공동의 연구를 진행할 수도 있고, 노하우를 공유할 수도 있다. 당연히 팀원들끼리 멀리 떨어져 있다고 해도 문제되지 않는다.

나는 한때 이 팀블로그를 이용해서 창작 모임을 운영하기도 했다. 팀원들끼리 각자의 글을 올리면 다른 사람들은 이 글을 읽고 느낀 점, 보완할 부분에 대한 의견을 덧글로 달아준다. 그리고 한 달에 한 번씩 직접 만나 그간 올렸던 글에 대해 토론을 했다. 지금은 모임을 중지한 상태지만, 블로그는 여전히 남아 있어서 언제든 그때의 글을 읽을 수 있다.

블로그로 무엇을 할 수 있을지 묻는 것보다는 내가 블로그로 무엇을 할 것인지 고민하는 것이 맞는 이야기가 될 것이다. 글로 남길 수 있는 것, 사진으로 보관할 수 있는 것, 동영상으로 보존할 수 있는 것들은 무엇이든 괜찮다. 이 모든 것들이 블로그로 할 수 있는 것들이 된다.

최근에는 트위터, 페이스북과 같은 SNS(Social Network Service)가 소위 말하는 대세가 되어가고 있다. 정치권에서도, 경제계에서도, 연예인들도 트위터로 소통하고 페이스북으로 관리를 한다. 이런 서비스의 강점은 속도와 확산이다. 트위터에 올린 글 하나가 이슈가 되면 걷잡을 수 없는 속도로 번져 나간다. 페이스북에서는 얼굴 한 번 보지 못한 사람들과 친구가 되어 이야기를 나누고 이벤트를 함께 한다.

이런 SNS 서비스가 블로그를 대체하는 것 아닌가 고민하는 사람도 있을 것이다. 내 생각은 그렇지 않다. SNS와 블로그가 만나면 서로 훌륭한 보완제가 될 수 있다. 블로그의 '기록 남기기'와 SNS의 확산 능력이 만나면 보다 좋은 결과를 만들어 낼 것이다. 블로그와 SNS는 상호 보완의 역할이지 SNS가 블로그를 밀어내고 그 자리를 차지할 일은 없다.

블로그로 무엇을 할 수 있을까?
이 물음은 다시 이렇게 정리해야 한다.
나는 블로그로 무엇을 할 것인가?

블로그에 쓴 글로 책이 만들어질 수 있을까?

결론부터 말하자. 그렇다. 가능하다.

'세이하쿠'라는 별명을 가진 박성호씨가 『한국형 블로그 마케팅』이라는 책을 출판한 게 2007년 11월이다. 이 책은 그가 운영하는 블로그에 칼럼처럼 연재하던 내용을 취합해서 매일경제신문사에서 책으로 탄생시켰다.

80여 개의 글 모음에 블로거 12인의 인터뷰를 모아 예쁜 책으로 출간된 『한국형 블로그 마케팅』은 블로그와 마케팅의 접목이 얼마나 중요한 일인지, 기존의 마케팅과 어떤 점에서 차이를 갖는지에 대해 작가의 경험을 바탕으로 편하고 쉽게 풀어쓴 책이다.

PC통신 작가, 인터넷 소설가로 불리는 몇몇 작가가 있다. 그 유명한 '퇴마록'의 작가 이우혁, '드래곤라자'를 비롯한 초대형 장편 판타지 소설의 작가 이영도……

그들이 작품을 컴퓨터를 통해 발표하던 당시, 국내외 정보통신 수준은 파란 화면에 흰 글씨, 모뎀으로 접속해서 사용하던 PC통신 시절이었다. 그때 아마추어 작가들이 대중을 상대로 작품을 발표할 수 있는 공간이 바로 PC통신이었다. 인터넷 소설가 역시 마찬가지다. 인터넷이 대중화되면서 아마추어 작가들이 활동할 공간이 만들어졌고 그곳에서 그들은 자신의 작품을 발표했으며 그 작품들이 책으로 세상에 선을 보인 것이다.

만일 그들이 현시점에서 작품 활동을 한다면 어디가 주 무대가 될까? 동호인들이 모인 카페일 수도 있고, 유명 포털 사이트의 '나도 작가' 코너일 수도 있다. 지금도 많은 아마추어 작가들이 그렇게 작품을 올리고 있으니까 말이다.

하지만 작품을 아무런 제재 없이 작가 스스로의 원칙에 따라 연재할 수 있는 공간으로는 블로그만 한 곳이 없다. 물론 블로그에 올리는 작품이 표절, 저작권 위반, 미풍양속법 위반, 명예훼손과 같은 실정법을 거스르는 내용이라면 최악의 경우에는 블로그를 폐쇄당할 수도 있다. 하지만 이것은 블로그의 문제가 아니라 법의 문제일 뿐이다.

이우혁, 이영도와 같은 작가의 길을 걷고 싶은 예비 작가라면, 지금은 당연히 블로그가 무대가 되어야 한다.

블로그에 연재하던 작품이 출판으로 연결되는 사례는 생각보다 많다. 가끔은 연재 중이던 작품을 출판사와의 계약 문제 때문에 중간에 멈추는 경우도 생긴다. 책으로 나올 내용을 미리 다 공개하게 되면 판매에 문제가 발생하기 때문에 출판사에서 요구하는 경우에 발생하는 일이다.

음식 레시피를 알려주는 블로그로 출발해서 요리 책을 출간한 둥이맘 문성실의 경우는 워낙 유명해서 따로 언급할 필요도 없을 것이다.

우리가 블로그에 원고를 올리면서 상상하는 가장 바람직한 사례는 이런 경우일 것이다. 내가 올린 원고, 기획서를 보고 출판사에서 연락을 해 온다. 아주 좋은 조건으로 계약을 맺고 책이 출판된다. 그리고 베스트셀러가 된다. 나는? 인세 수입으로 먹고살 수 있다!

하지만 현실은 그리 만만치 않다. 우리가 원고를 올리는 동안 출판사에서 연락이 오기는커녕 그 누구도 관심을 갖지 않는 쓸쓸한 공간으로 남을 가능성이 더 크다. 내가 올린 원고에 누군가 응원의 덧글을 달아주기보다는 악플이 달릴 가능성이, 아니 그 누구도 관심을 보이지 않을 가능성이 훨씬 더 높다. 이때쯤 되면 느낀다. 악플보다 무서운 것이 바로 무관심이라는 것을······.

'책 쓰는 블로그'는 말 그대로 블로그를 책 쓰는 용도로 활용한다. 원고 집필이 끝나면 무조건 책이 나와야 한다. 그게 가장 큰 전제다. 그런데 앞서 언급한 것처럼 그 어떤 출판사에서도 관심을 갖지 않는다? 직접 내 손으로 책을 내면 된다. 우리의 책 출판 전략은 바로 '스스로 책을 내는 것'이니까 말이다.

출판사에서 연락을 받고 출판을 하게 되는 경우가 물론 가장 바람직한 방법이 될 것이다. 하지만 이 경우에 작가는 원고 내용마저도 자신의 뜻대로 하지 못할 수도 있다. 출판사의 방침에 따라 원고가 수정되어야 할 수도 있다는 말이다. 좋은 점은? 일단 돈이 들지 않는다. 게다가 다만 얼마라도 계약금을 받을 수 있다. 표지부터 내지까지 모든 부분에 전문가가 직접 디자인을 해 주므로 완성도 높은 책을 만들 수 있다. 가끔은 작가의 의도와 전혀 관계없는 방향으로 전개되는 문제가 생기기도 하지만 말이다.

책을 내기 위한 방법이 블로그만 있는 것은 아니다. 사실 블로그에 원고를 올리고 그것이 책으로 나오는 경우보다는 워드프로세서로 원고를 완성해서 출판사로 넘겨 책을 만드는 경우가 훨씬 더 많다.

하지만 블로그에 올리는 글이 책이 되어 나오는 것도 하나의 방법이다. 그리고 할 일 많고 바쁜 우리들에게는 그것이 가장 효과적인 방법이 될 것이다.

블로그에 쓴 글이 책이 되느냐 아니냐의 문제보다는 내가 과연 끝까지 원고를 완성할 수 있느냐의 문제가 더 중요하다.

내가 처음 블로그를 주제로 강연을 했던 것이 2007년 봄이었다. 종합병원 의사들을 대상으로 두 시간짜리 블로그 특강을 진행했었고, 그것이 기회가 되어 그 해 가을 같은 병원에서 한 번 더, 이듬해 봄에는 기업 임직원들을 대상으로 같은 주제로 강연을 했다.

그 강연 이후 한동안 잊고 지내다가 우연한 기회에 '파워 블로그' 강좌를 진행하게 되었다.

보통 10~15주로 운영되는 블로그 강좌를 맡아 진행하면서 가장 많이 받는 질문이 "어떻게 하면 블로그를 잘해요?"라는, 아주 막연한 질문이다. 농담처럼 이렇게 말한다. "열심히 하시면 돼요. 그냥 열심히 하면 안 되고요, 블로그 하는 게 아예 습관이 되어야 해요."

사실 이 말은 농담이 아니다. 쉽게 설명해 보자. 아주 운전을 잘하는 베테랑 운전사를 보면 안다. 초보 운전의 경우에는 도로 위의 모든 상황에서 일일이 판단을 해야 한다. "파랑불이네, 가야지? 그럼 액셀러레이터를 밟아야 해.", "빨강불이네. 멈춰야지? 브레이크 밟고……." 여기에서 헷갈려서 브레이크 대신 액셀러레이터를 힘껏 밟아 접촉 사고를 내는 경우도 간혹 있다. 베테랑 운전사는 이럴 일이 없다. 그들은 머리로 판단을 하기 전에 몸이 먼저 반응한다. 가끔은 브레이크를 밟고 난 후에 자신이 브레이크를 밟았는지조차 인지하지 못했다고 말하기도 한다. 습관이 되면 이렇게 된다. 초보 운전자는 운전이 힘들고 피곤한 일이지만, 베테랑 운전사는 초보만큼 힘이 들지 않는다.

블로그 강좌를 진행하면서 수강생들에게 항상 내주는 숙제가 있다. "일주일에 적어도 두 번 이상 블로그에 글 올리기" 개강 첫 날, 몇 번씩 강조하며 이 숙제를 내 준다. 종강할 때 확인해 보면 제대로 끝까지 숙제를 한 수강생은 손가락으로 꼽을 수 있을 정도로 몇 명 되지 않는다. 그리고 그렇게 숙제를 꼬박꼬박 한 수강생 중에서 가끔 파워블로거 소리를 들을 정도의 성과를 내는 경우를 본다. 숙제를 꼬박꼬박 했다고 모두 파워블로거가 되는 것이 아니라, 그중에서 한두 명쯤 그런 성과를 얻기도 한다는 말이다.

새로 강의를 시작하면 다들 의욕에 불타오른다. 숙제를 내주면 결의에 찬 표정, 호기심과 기대가 반쯤 뒤섞인 얼굴로 고개를 끄덕인다. 하지만 그런 열의는 한 주만 지나면 꺾이기 시작한다. 막상 숙제를 하려니 무슨 말을 어떻게 해야 할지도 모르겠고, 글을 하나 쓰려고 블로그에 들어갔다가 삼십 분 넘게 고민만 하다가 말았다는 사람도 있다. 그렇게 급격하게 의욕은 떨어지고 결국 강의 시간에 몸만 왔다 갔다 하다가 종강을 맞이하는 수강생들이 많다.

앞서 글쓰기를 습관화해야 한다고 말했다. 블로그를 사용하는 것 역시 마찬가지다. 매일 꾸준히 블로그를 마주하다 보면 자연스럽게 블로그를 쓸 수 있게 된다. 습관이 된다는 것은 여러모로 편한 일이다. 물론 습관이 되기까지는 지겹고, 힘들고, 짜증도 나는 일이지만 막상 습관이 되고 나면 편하다. 습관은 큰 노력을 요구하지 않는다. 블로그를 쓰는 것이 습관이 되면 자연스럽게 쓸 수 있게 된다. 스트레스를 받지 않는다는 말이다.

블로그에 매일 일정 분량의 글을 써서 올리는 것은 분명 쉬운 일이 아니다. 하루 종일 생각해도 원하는 분량의 글을 채우기는 쉽지 않다. 블로그에 글을 올리기 위한 고민 때문에 답답할 수도 있다. 그렇기 때문에 습관이 되어야 한다. 습관이 되면 이런 부정적인 감정이 생기지 않는다.

나는 하루에 적어도 두 개의 글을 블로그에 올린다.

첫 번째는 '딸에게 쓰는 편지'다. 일 년을 넘겨서 쓰고 있으니 이제 습관이 된 것이 확실하다. 매일 컴퓨터를 끄기 직전에 블로그에 편지를 쓴다. 그리고 그걸 다시 노트에 옮겨 적는다.

두 번째는 일상적인 이야기를 블로그에 올린다. 이건 조금 시간이 걸리는 작업이다. 우선 특별한 경우를 제외하고는 무조건 사진을 한 장 이상 포함시켜야 하고, 올리기 위한 주제도 다양하다. 예전부터 써둔 습작을 올리기도 하고, 요즘 배우고 있는 전각 이야기를 올리기도 한다. 사진 찍는 취미를 갖고 있는데, 내가 찍은 사진 중에서 골라 올리기도 한다.

요즘엔 거기에 '책 쓰는 블로그' 원고 올리기도 포함된다. 내가 올리는 글 중에서 유일하게 사진이 포함되지 않는 글이 바로 이 '책 쓰는 블로그' 원고다.

당연히 처음 시작할 때는 시간을 내기 어려웠다. 그나마 편지 쓰기의 경우에는 매일 일기 쓰는 기분으로 짤막하게 쓰는 거니까 큰 어려움을 느끼지 못했는데, 두 번째의 경우에는 무엇을 쓸 것인지 정하는 것조차 쉽지 않았다. 지금은 큰 부담 없이 글을 올릴 수 있을 정도는 된 것 같다.

하루 일과 중에 무언가 새로운 것을 하게 되면 기분이 좋다. 블로그에 올릴 거리를 만들었으니 당연한 것 아닌가?

우리는 블로그에 원고를 써서 책을 펴내려고 한다. 그렇다면 글쓰기와 블로그 사용하기에 스트레스를 받으면 안 된다. 편하게 쓸 정도는 되어야 제대로 써먹을 수 있다.

책을 한 권 내기까지 꼭 필요한 것 - 습관 만들기!
글쓰기든 블로그 사용하기든…….

블로그를 이용하는 많은 사람들은 어떤 이야기들을 하고 있을까? 과연 블로그를 어떻게 써야 가장 유용하게 써먹는 것일까?

더구나 우리는 블로그를 이용해서 책을 한 권 낼 계획을 세웠으니 무언가 체계적인 방법을 찾아야 한다.

나는 네이버 블로그를 이용하고 있다. 국내에서 사용자가 많은 블로그는 사실 대부분 비슷하다. 평소에 사용하면서 익숙해진 블로그를 이용하면 충분하다.

블로그에 원고를 쓰기 위해서 가장 먼저 할 일은 별도의 카테고리를 만드는 일이다. 책 제목을 카테고리 이름으로 정하고, 만일 하위 카테고리를 지원하는 블로그를 이용한다면 정해둔 목차의 큰제목을 하위 카테고리로 설정하는 것도 좋은 방법이 될 것이다.

내가 처음 [책 쓰는 블로그를 시작하려고 마음먹었을 때는 아예 블로그를 새로 만들어 쓸 생각이었다. 하지만 막상 원고를 올리려고 보니 여러 개의 블로그를 따로 관리하는 것도 쉬운 일은 아니어서 가장 많이 활용하는 블로그에 카테고리를 따로 만들어서 쓰고 있다.

블로그에 만들어둔 카테고리를 소개한다.

책 쓰는 블로그 (21)

0. 기타 (2)

1. 내 이름이 박힌 책 한 권 (6)

2. 왜 블로그인가 (6)

3. 무엇을 쓸 것인가 (5)

4. 어떻게 쓸 것인가 (2)

5. 책 한 권 분량의 글쓰기 (0)

6. 책 만들기 전략 (0)

7. 작가 데뷔 성공 전략 (0)

카테고리 이름을 아예 [책 쓰는 블로그]로 정했다. 나중에 글을 관리하기 어려울까 봐 이 카테고리 자체에는 원고를 올리지 않는다.

[0. 기타] - 이 항목에는 서문, 기획서 및 기타 원고를 넣을 메뉴다. 가령 나중에 누군가에게 내 원고에 대한 추천사라도 한 줄 받게 되거나, 책을 출판하게 될 때 쓰는 감사의 글 등 실제 책 본문에 포함시키기 어려운 원고는 모두 이 카테고리에 포함할 것이다.

이후의 카테고리, 〈1. 내 이름이 박힌 책 한 권 / 2. 왜 블로그인가 / 3. 무엇을 쓸 것인가 / 4. 어떻게 쓸 것인가 / 5. 책 한 권 분량의 글쓰기 / 6. 책 만들기 전략 / 7. 작가 데뷔 성공 전략) 이 부분은 목차를 기준으로 큰제목을 나열했다.

큰제목 아래에는 보통 작은 제목의 본문이 다섯 개 정도 있는데 이 작은 제목이 블로그에 올리는 원고의 제목이 되고, 본문 내용을 작성하게 된다.

각 카테고리 뒤의 괄호 안 숫자는 현재 작성된 글의 숫자를 나타낸다. 5, 6, 7번 카테고리는 아직 원고를 하나도 쓰지 못했다는 말이 된다. 각 카테고리 뒤의 괄호 안 숫자는 내가 지금까지 작성한 원고 숫자이고, 이 숫자는 옵션에서 선택하면 자동으로 표시된다.

만일 원고를 블로그에 올리기는 하는데, 다른 사람들에게 공개하고 싶지 않다면 해당 카테고리를 비공개로 설정해 두면 된다. 또는 원고의 일부만 비공개로 하고 싶다면 원고를 작성한 후 비공개 옵션을 선택하면 된다.

원고를 작성할 때, 제목, 태그에도 신경을 쓰도록 하자. 가능한 한 검색에 많이 사용되는 단어나 문구가 포함되도록 작성하는 게 좋다. 기왕 공개한 원고라면 많은 사람들이 찾아올 수 있도록 하는 편이 나으니까 말이다.

메타블로그에도 등록하도록 한다. 블로그의 글을 읽다 보면 손가락 모양의 추천 버튼이 달린 경우가 종종 있다. 이것은 다음뷰(http://v.daum.net)에서 제공하는 추천이라는 기능이다. 다음뷰 서비스를 다음 이용자만 쓸 수 있다고 오해하는 사람들이 많은데 그렇지 않다. 다음에 아이디를 가지고 있다면 현재 운영하고 있는 블로그를 등록해서 자신의 블로그에 올린 글을 내보낼 수 있다. 글을 내보낸 후, 추천 버튼을 삽입하면 된다. 누군가 내 글을 읽고 공감을 하거나 다른 사람에게 추천하고 싶을 때 이 버튼을 누르면 누른 만큼 숫자가 올라가게 된다. 숫자가 높다는 말은 그만큼 내 글에 공감하고 추천하는 사람들이 많다는 의미가 된다.

다음뷰 외에도 몇 몇 메타블로그 서비스가 있으므로 본인에게 잘 맞는 서비스를 찾아서 블로그를 등록하도록 한다. 다음뷰 이외의 메타블로그들은 대부분 블로그에서 포스트를 작성한 다음, 옵션에서 〈공개〉, 〈외부수집 허용〉 옵션을 선택하면 자동으로 등록되기도 한다.

블로그에 글을 쓰고 많은 사람들에게 알리기 위해서 이 정도는 필히 신경 써서 해야 할 일이다. 이외에도 트위터나 페이스북, 미투데이와 같은 SNS도 함께 활용한다면 그 효과는 훨씬 나을 것이다.

SNS에 관해서는 뒤에 다시 언급하도록 하자.

책 쓰는 블로그 플랜

PART 3

무엇을 쓸 것인가?

책을 쓰려고 할 때 가장 많이 하게 되는 고민이 바로 '무엇을 쓸까?'라는 문제다. 책을 쓰고 싶은데, 할 말도 많은데, 게다가 남들에게 글 좀 쓴다고 칭찬도 많이 듣는데……. 막상 책을 쓰려고 하니 뭘 써야 할지 모르겠다는 문제에 부닥치면 막막하다 못해 절대 넘을 수 없는 거대한 벽을 마주한 느낌마저 든다.

서점에 나가 보면 수도 없이 많은 책들을 만난다. 그 책들을 들여다보자. 도대체 작가들은 무슨 할 말이 저리도 많아서 두툼한 책을 냈을까? 게다가 몇 권씩 베스트셀러로 등극시킨 작가들은 도대체 어떻게 저렇게 많은 책을 냈을까? 아니, 그 주제를 어떻게 정했을까?

내가 들었던 책 쓰기 강좌의 강사이기도 한 작가 명로진 씨는

2011년 한 해에만 자그마치 네 권의 책을 출간했다. 불과 두세 달에 한 권씩 책을 냈다는 말이다.

『에너지 도둑』, 『아이와 꼭 함께 하고 싶은 45가지』, 『공자 팬클럽 홍대지부』, 『몸으로 책읽기』, 『질문 속에 답이 있다.』, 『연애에 말 걸기』, 『독님만세』, 『베껴 쓰기로 연습하는 글쓰기 책』, 『내 책 쓰는 글쓰기』, 『베껴라 베껴! 글쓰기 왕』, 번역서도 있다. 『아이디어 블록 - Writer's BLOCK』

위에 언급한 책 목록은 최근 2년 내에 그가 낸 책 제목이다. 내가 출간 여부를 미처 확인하지 못한 책도 한두 권 더 있을 것이다.

책을 쓰기 위해 명로진 씨는 공부를 한다고 했다. 주제가 정해지면 자료를 뒤지고 스크랩을 하고 글을 쓴다고 했다.

우리는 책을 쓴다는 것에 대해 이런 착각을 한다. "작가는 자신이 알고 있는 것을 써서 책으로 내는 사람".

아니다. 작가는 자신이 하고 싶은 말, 쓰고 싶은 글을 쓰기 위해 공부하는 사람이다. 물론 자신이 아는 것을 쉬지 않고 써내려가는 작가도 없지는 않을 것이다. 하지만 대부분의 작가는 쓸 주제가 정해지면 자료부터 찾는다.

『나는 이런 책을 읽어 왔다』라는 책을 쓴 다치바나 다카시는 이 책에서 이렇게 말을 한다.

"[뇌 연구 최전선]을 예로 들면, 이 글을 쓰기 위해 대략 대형 책꽂이 1개 반 정도의 책을 읽었습니다. 다른 테마의 글을 쓸 때도, 큰 주제라면 대개 이 정도의 책을 읽습니다. 제 작업실에 있는 책꽂이에는 한 단에 40권 정도의 책이 들어가는데, 이런 단이 7개 있으니 책꽂이 하나에 약 300권 정도의 책이 들어갑니다. 따라서 책꽂이 1개 반 정도의 분량이라면 테마 하나에 약 500권 정도의 책을 읽고 있는 셈입니다."

- 다치바나 다카시 저, 이언숙 역,

청어람미디어 『나는 이런 책을 읽어 왔다』 19~20P 발췌 -

다치바나 다카시는 40권 이상의 책을 출간하였고 일본 내에서 꽤 유명한 작가라고 한다.

그렇다면 우리도 주제를 선택하는 데에 주저할 이유는 전혀 없다. 어떤 주제를 정하든 그 주제에 관한 책을 읽고 자료를 모으면서 글을 쓰면 된다. 문제는 그 과정이 결코 쉽지 않다는 데 있다.

나는 지금까지 모두 네 권의 책을 냈다. 그 책들은 컴퓨터 그래픽과 관련된 대학 교재였다. 책을 쓰던 당시에는 사실 다른 책을 읽기보다는 내가 경험했던 것들을 정리하는 작업이 대부분이었다. 이론적인 설명이 필요한 부분을 위해 책을 읽기는 했지만 말이다. 이게 가능했던 것은 오래도록 컴퓨터 그래픽 일을 했었고, 강의를 하면서 만들어둔 자료들 덕분이었다. 만일 이런 자료들이 없었다면 아마 훨씬 더 오랜 기간을 투자해야 했을 것이고 더 많은 책을 봐야 했을 것이다.

우리가 지금까지 살면서 경험했던 일들, 즉 자신만의 노하우를 책으로 내려고 한다면 다치바나 다카시처럼 많은 책을 읽을 필요는 없을 것이다. 자신의 머릿속에 들어있는 지식과 일을 하며 모아둔 자료, 그리고 보충하기 위해 필요한 책 몇 권이면 충분할 수 있다.

　여전히 주제를 정하지 못해 고민이라면 지금 가장 궁금한 것을 책 쓰기 주제로 정해 보도록 하자. 또는 자녀에게 들려주고 싶은 이야기, 아내나 남편에게 해주고 싶은 이야기, 뉴스에서 들은 흥미로운 기삿거리도 좋다. 정하고 나면 쓰게 된다. 무엇이든 책을 쓸 주제가 될 수 있다.

　앞서 잠깐 언급한 책 쓰기 강좌를 들으며 내가 정했던 주제는 '남자다운 남자'였다.

　주제를 정하게 된 동기가 좀 우습다. 어느 날, 신문 한쪽 귀퉁이에 박스로 처리된 해외 소식이 눈길을 끌었다. 몇 년 전 일본에서 『요조숙녀론』이라는 책이 베스트셀러가 되었다고 한다. 이 책의 작가는 여자대학교 학장 출신의 중년 여성이라고 했다. 문제는 내용이었다. 제목에서 보듯이 과거의 요조숙녀의 모습이야말로 현대 여성들이 추구해야 할 덕목이라는 내용이었고 찬반 논쟁이 불을 뿜었으며 그로 인해 엄청나게 팔려나갔고 작가는 어마어마한 인세 수입을 올렸다는 내용이었다.

　저 내용의 반대되는 글을 남자인 내가 쓰면 그것도 재미있겠다 싶은 생각이 들었다. 40년 넘게 남자로 살아왔으니 쓸 말도 많겠다고 생각했다. 하지만 쓰다 보니 불과 몇 페이지 쓰지 않았는데 더 이상 쓸 말이 없었다. 하고 싶은 말이 많을 것 같은데, 무슨 말을 해야 할지 모르는 그런 상태였다. 한동안 고민을 하다가 책을 읽기 시작했다. 사회학, 심리학, 진화론, 여성학, 남성학, 신화……. 이렇게 다양한 분야의 책을 읽으며 모든 초점은 '남성'으로 잡았다. 대략 1년 정도의 시간을 투자해서 백여 권의 책을 읽었다. 그 후 다시 글을 쓰기 시작했고 워드프로세서로 300여 페이지, 200자 원고지로 1,700장 분령의 글을 썼다.

정리해 보자. 책을 쓰는 방법은 두 가지다.

첫째, 알고 있는 내용을 정리해서 책을 완성하는 방법

둘째, 쓰고 싶은 내용을 공부하면서 책을 완성하는 방법.

첫 번째 방법만으로 책을 쓴다는 것은 불가능하다. 책을 한 번도 써보지 못한 사람은 첫 번째 방법으로 책을 쓰겠다고 상상하지만, 막상 책을 쓰려면 어쩔 수 없이 공부를 해야 한다.

소설을 쓰는 작가들도 자료를 찾고 공부하는 데 엄청난 시간을 투자한다. 심지어 몇 년 걸려 자료 조사를 하고 책을 쓰기도 한다. 작가는 첫 번째 방법으로 책을 쓸 것 같지만, 대부분의 작가는 두 번째 방법으로 책을 쓴다. 그게 정상이다.

책을 쓰고 싶은가? 좋은 내용을 담아 잘 팔리는 책을? 그렇다면 책을 읽자. 할 수 있는 말을 찾지 말고 하고 싶은 말을 찾자. 그리고 그 말을 하기 위한 공부를 하자. 그게 바로 작가가 되고 싶은 내가, 그리고 당신이 해야 할 일이다.

내가 하고 싶은 말

우리처럼 책을 내고 싶어서 고민하는 사람들, 또는 적절한 주제를 정해서 글을 쓰고 있는 사람들, 책 한 권 분량의 원고를 완성해서 출판할 방법을 찾는 사람들…… 이런 사람들을 흔히 이렇게 부른다. 예비 작가!

작가라는 직업을 가지고 있는 사람들과 예비 작가와의 차이는 무엇일까?

작가가 글을 쓰게 되는 이유는 다양하다. 작가 스스로 아이템을 정하고 자료를 찾고 정리하면서 글을 쓰기도 할 것이다. 또는 누군가의 권유로 글을 쓰기 시작할 수도 있고, 출판사에서 기획한 아이템으로 작가에게 의뢰를 해서 쓰기도 한다.

그에 반해 예비 작가가 글을 쓰는 이유는 하나다. 꼭 하고 싶은 말이 있어서, 책으로 출간하고 싶은 마음에 도전을 하게 된다. 원고를 완성한다고 해도 출판이 된다는 확신도 없다. 경우에 따라서는 한두 달 만에 뚝딱 쓰기도 하겠지만, 때로는 몇 년씩 걸려 원고를 완성할 수도 있을 것이고, 쓰는 중간에 포기하는 경우는 셀 수도 없이 많을 것이다.

꼭 하고 싶은 말이 있어서, 책을 내자고 마음을 먹고 원고를 쓰기 시작했는데 자꾸 글이 이상한 방향으로 가는 경우가 있다. 내가 처음 생각한 방향과는 관계없이 엉뚱한 이야기를 하게 될 때, 우리는 고민을 하기 시작한다. 이유가 뭘까? 그러다가 써둔 글을 다 지우고 다시 쓰고, 또 지우고 다시 쓰고…… 결국 지쳐서 포기하게 된다.

책을 쓰겠다고 마음을 먹었다는 말은, 적어도 책 한 권 분량만큼의 할 말이 있다고 스스로 확신을 했다는 말이 된다. 그런데 왜 중간에 붓을 꺾게 되는 걸까?

이유는 하나다. 내가 생각한 것만큼 쓸 이야기의 주제를 잘 알지 못하는 거다. 많이 알고 있다고 생각했고, 누군가와 토론을 할 때도 막힘없이 내 주장을 펼 정도면 꽤 알고 있는 게 맞다. 그런데 책을 쓰려고 하니 그동안 토론을 하며 펼쳤던 그 많은 이야기들이 하나도 생각나지 않는다. 또는 그런 내용을 글로 쓰려고 하니 민망하기도 하고, 이게 정말 근거가 있는 말인지, 아니면 그냥 내 맘대로 지껄였던 건지 잘 모르겠다. 그렇게 갈피를 잡지 못한 상태에서 쓰는 글은 내 생각과는 관계없이 엉뚱한 이야기만 하다가 끝나게 된다.

우리는 하루를 살면서 얼마나 많은 말을 할까? 그리고 얼마나 많은 양의 글을 쓸까? 아무리 생각해도 말을 하는 양만큼 글을 쓰지는 않는다. 글보다 말이 익숙하다 보니 말로는 제법 정리가 되는데 그걸 글로 정리하려면 헤매기 일쑤다. 게다가 말은 내 입을 떠나는 순간 흔적도 없이 사라지고 마니 그걸 붙잡아 글로 바꿀 수는 없다.

그뿐인가? 녹음을 하든 기억을 되살리든, 내가 했던 말을 그대로 글로 옮겼다고 해도 절대 그대로 원고가 될 수는 없다. 말과 글의 차이가 크다는 것만 느낄 뿐이다.

내가 하고 싶은 말을 한다는 것, 그것을 글로 옮긴다는 것이 이렇게 어렵다는 것만 뼈저리게 느끼고 포기할 수는 없으니 방법을 찾아야 한다.

어떻게 하면 책 한 권을 완성해서 독자들을 설득할 것인가? 또 강조할 수밖에 없겠다. 자료를 찾고 공부하는 것이 가장 빠르고 확실한 방법이다.

말을 할 때는 설령 실수가 있다고 해도 큰 문제가 되지 않는다. 잘못을 알았을 때 인정하고 사과하면 된다.

글, 특히 책은 그렇지 않다. 책이라는 형식으로 세상에 모습을 드러내고 나면 그 안에 심각한 오류가 있다고 해도 수정이 불가능하다. 글을 쓰면서 조심스러워지고, 말을 할 때는 힘차게 주장하던 내용인데 글을 쓰려니 자신 없어지는 이유가 그것이다.

무언가 꼭 하고 싶은 말이 있다면 그와 관련된 자료를 뒤져서 근거를 찾아야 한다. 게다가 내가 말하고 싶은 핵심을 놓치지 않는 수준에서 재미있고 다양한 말을 해야 한다. 스토리텔링은 단순히 영화나 드라마에만 국한된 것이 아니다. 우리가 책을 쓸 때, 독자가 재미있고 쉽게 읽을 수 있게 해주는 것도 스토리텔링이다. 그러기 위해 보다 다양한 사례가 필요하다.

단순하게 몇 쪽짜리 리포트를 쓸 때도 참고 자료를 많이 뒤져야 한다. 하물며 적어도 백몇십 페이지, 많게는 몇백 페이지짜리 책을 쓰면서 자료를 찾고 공부하는 것을 게을리 한다는 것은 책을 쓰지 않겠다는 말과 같다.

내가 하고 싶은 말을 짧고 뜻이 분명한 문장으로 만들어 보자. 그리고 그 문장을 제목으로 한 꼭지를 완성하기 위해 공부를 하자. 서점에서 책을 사거나, 도서관에서 대출을 받거나, 인터넷을 뒤져 자료를 찾거나……. 이 지루하고 고통스러운 작업이 내 책을 살찌우는 영양분이 된다. 그리고 내 책은 빈약하고 볼품없는 모습이 아닌, 풍성하고 볼륨감이 살아 넘치는 멋진 책으로 완성될 것이다.

"책을 한 권 내겠다!"라는 결심을 하게 되는 이유는 분명 무언가 할 말이 있어서다. 그 하고 싶은 말을 기록으로 남겨서 많은 사람들이 읽어주길 바라는 마음이 커지면 책을 쓰겠다고 마음을 굳히게 되고 행동으로 옮기게 된다.

그런데 앞서 말했듯이 내가 하고 싶은 말을 책으로 내려고 해도 공부가 필요하다. 내가 하는 말에 힘을 실어주기 위해서, 책 한 권 분량의 글을 써내기 위해서는 자료 조사와 공부가 필수다.

그렇다면 하고 싶은 말이 없다면 어떻게 해야 할까? 책을 한 권쯤 내고 싶은데, 아무리 머리를 쓰고 고민을 해도 딱히 하고 싶은 말이 떠오르지 않는다면?

생각을 약간 바꾸어보자. 어쩌면 거기에서 해답이 나올지도 모르니까.

제법 큰 대형 서점에 가서 진열되어 있는 책들을 훑어보면 정말 다양한 이야깃거리들이 책으로 만들어졌다는 것을 실감하게 된다.

인문고전의 경우에는 고전을 해설해 놓은 책도 부지기수고, 심지어 고전의 유명한 문장 하나만 딱 정해서 그에 대한 작가의 단상을 책으로 내놓은 경우도 있다.

남들의 연애사를 인터뷰해서 책이 나오기도 한다. 앞서 언급했던 명로진 작가의 『연애에 말걸기』라는 책이 그렇게 탄생했다. 작가 자신의 연애담이 아니라 아는 사람들의 연애 경험을 인터뷰해서 거기에 작가의 평가(?)를 달아서 책으로 만들었다.

책을 내겠다고 마음을 먹는 순간, 우리는 조금 다른 시선으로 세상을 보아야 한다. 스스로에 대해서도 마찬가지다.

잠깐 생각을 해보자. 내가 자신 있게 말할 수 있는 분야는 어떤 쪽일까? 여기서 자신 있게 말할 수 있는 분야라는 것이 많이 알고 있는 걸 의미하지 않는다. 잘 알지 못해도 전혀 상관없다. 내가 꾸준히 관심을 기울이고 공부하는 게 즐거울 그런 분야를 찾아보자는 것이다.

아무리 잘 알아도, 생각만 하면 머리가 지끈지끈 아프고 스트레스가 쌓인다면 그건 책을 쓸 거리가 되지 못한다. 꾸준히 공부를 하고 글을 써야 하는데 생각만으로도 스트레스가 쌓인다면 그건 내가 책을 쓸 수 없는 분야다.

아는 것이 별로 없어도 된다. 어차피 공부를 하면 해결되니까.

정 쓸 게 없다면 가족에게 편지를 써도 된다. 내가 작년 2월부터 쓰기 시작한 딸에게 보내는 편지가 400여 통에 이른다. 물론 책으로 낼 생각으로 쓴 것이 아니라서 블로그에 연재하며, 다이어리에 적고 있는 수준이기는 하지만, 하루에 A4 용지 기준으로 2/3 쪽 정도 분량이다. 할 말이 많을 때는 더 길게 쓰기도 하고, 어떤 날은 불과 대여섯 줄만 쓰고 말기도 하지만 대략 평균을 내면 그 정도가 된다. 편지는 공부를 하지 않아도 쓸 수 있다!

지금까지 쓴 양을 대강 환산해 보면 300쪽 정도 된다. 이 정도 분량이면 책 두세 권은 너끈히 된다.

자! 내가 알고 있는 것이 아닌, 하고 싶은 것이 아닌, 할 수 있는 말을 찾자. 그리고 공부를 하자.

대학원을 졸업할 때 논문 때문에 참 오래도록 고생을 했던 기억이 난다. 당시 내가 썼던 논문의 주제는 '휴대용 정보단말기의 사용자 편의성 디자인에 관한 연구'였다. 대학원에 입학하면서부터 이 주제에 대한 공부를 했기에 자료도 풍부했고, 설문 조사도 오랜 기간 진행해서 의미 있는 데이터를 구축했었다.

나름대로는 자신감을 갖고 논문을 쓰기 시작했다. 어느 정도 얼개를 갖춘 다음 지도교수님께 검토를 부탁드렸다. 다시 내 손에 돌아온 논문 초고는 온통 빨갛게 칠해져 있었다. 가장 많은 지적은 "근거가 약하다"는 것이었다.

참고 자료, 주석, 근거를 밝히라는 것이다. 그런데 이 근거라는 것이 결국은 내가 아닌 다른 이들의 논문, 책, 자료를 인용하는 것이다.

내 연구에 왜 다른 사람의 자료를 인용해야 하는지 여쭈었다.

교수님께서는 이렇게 말씀하셨다. "이유를 막론하고, 네가 하고 싶은 말을 먼저 한 사람은 분명히 있다. 그리고 그는 학계에서 인정을 받은 사람이다. 네가 한 말에 대해 스스로 실험과 연구를 통해 확고부동한 결과를 도출해내거나, 아니면 그들의 권위를 빌어 네가 하고 싶은 말에 힘을 실어야 한다. 그러지 않으면 누구도 네 말을 인정하지 않을 것이다. 그것이 논문을 쓰면서 자료를 인용해야 하는 이유다."

다시 말하자면 나는 무언가를 주장할 정도로 풍부하고 분명한 경험을 가진 것도 아니고, 설령 그렇다고 해도 누구도 그것을 믿어주지 않는다. 먼저 인정받은 사람의 말을 빌려 내가 하고 싶은 말에 힘을 실어주는 것이 가장 현명한 방법이라는 것이다.

책을 쓰고 싶다면, 내가 책에서 하고 싶은 말에도 분명한 힘을 실어주어야 한다. 그래야 독자들이 마음 편하게 내 책을 읽으며 받아들일 수 있다. 물론 논문처럼 어마어마한 분량의 인용과 주석이 필요한 것은 아니다.

적절한 수준의 인용은 내가 하고 싶은 말에 근거를 제공할 것이다.

1. 주제를 정한다.

2. 자료를 찾고 모은다.

3. 모은 자료를 펼쳐들고 공부를 한다.

4. 원고를 쓴다.

5. 부족한 자료를 찾고, 공부하고, 원고를 쓴다.

6. 탈고 후 책을 낸다.

어떤가? 간단하지 않은가? 이제 실천만 남았다.

결론부터 말하자면 "그렇다. 당신이 생각하는 그것은 책이 될 수 있다."

세상에는 참 별의별 이야기를 담고 있는 책들이 많다. 내 방 책꽂이를 차지하고 있는 책 중에서 좀 특이한 주제를 담고 있는 책 목록을 소개하자면,

우선 EBS 방송국 PD로 근무하고 있는 정혜윤 작가의 『침대와 책』이 있다. 이 책은 작가가 읽은 책을 소개하고 있다. 쉽게 말하자면 독후감이다. 난 이 책을 읽으면서 감탄을 했다. 어쩌면 이렇게 재미있게 책을 썼을까 생각하면서…….

『한 권으로 읽는 브리태니커』, A. J. 제이콥스의 책이다. 작가 스스로 브리태니커 백과사전을 첫 페이지부터 읽어나가는 과정을 이야기하고 있다. 책의 내용은 알파벳 A부터 Z까지 사전처럼 진행된다.

메리 로취의 『스티프』도 희한한 주제라는 점에서는 빼놓을 수 없다. "죽음 이후의 새로운 삶"이라는 부제가 붙은 이 책은 시체에 관한 이야기를 담고 있다. 시체가 어떻게 재활용되는지, 심지어 시체가 썩는 과정을 연구하는 이야기까지 담고 있다.

『키는 권력이다』, 니콜라 에르펭의 이 책은 남자의 키가 사회생활에 미치는 영향에 대한 연구 결과를 설득력 있게 이야기한다.

『하이힐을 신은 자전거』는 장치선이라는 작가가 쓴 예쁜 자전거에 대한 이야기를 여자의 입장에서 풀고 있다. 이 책은 사이클이니, MTB니 하는 자전거 말고, 그냥 동네에서 흔히 보는 접는 자전거를 이야기한다. 심지어 쫄쫄이복이라고 부르는 자전거복은 스타일이 맘에 들지 않아 절대 입지 않겠다고 말한다.

『아주 특별한 책들의 이력서』, 골동품 대접을 받는 책들을 거래하는 직업을 가진 릭 게코스키가 자신이 소장했던, 팔아치웠던 책에 관해 말하고 있다.

『재미의 경계』 이현비라는 작가가 쓴 이 책은 '재미'란 무엇인지, 수학적으로 풀어냈다. 솔직히 '재미'라는 주제를 수학적으로 푼다는 것도 의외였지만, '재미'를 주제로 참 재미없는 연구 논문 한 편을 읽은 것 같아서 조금 실망하기는 했다.

일본 작가들의 책은 주제도, 내용도 어이없을 정도로 단순하고 황당한 경우도 많다. "어떻게 하면 메모를 잘 할 수 있는지"에 대해, "시간을 잘 활용하는 방법"에 대해, 심지어 "생각을 잘 정리하려면 어떻게 해야 할까"에 대해 시시콜콜하게 이야기하는 책들이 의외로 많다.

내용도 마찬가지다. 노트는 A4, A5, A6 크기를 준비하고 어떤 건 스프링 노트로, 어떤 건 바인더형을 골라야 하며, 펜도 연필, 볼펜, 만년필, 플러스 펜과 색색 형광펜을 준비하고 써야 하는 이유까지 들어가며 따라 하기를 권한다. 필기는 검은색, 밑줄은 빨간색, 중요한 요점은 노랑 형광펜을 써야 하고, 외출할 때는 와이셔츠 주머니에 작은 노트와 펜 몇 자루, 가방에는 노트 몇 종류와 필기구를 어떤 필통에 넣어야 하며, 언제든 꺼내 쓸 수 있는 작은 노트는 가방 앞부분에, 다이어리는 가방 내부 수납공간 왼쪽으로, 필기구는 그 옆에 두라는 식이다.

재미있는 사실은 이런 시시콜콜한 것까지 이야기하는 책들이 제법 많이 팔리고 있다는 사실이다.

내가 지금 쓰고 있는 [책 쓰는 블로그]는 어떤가? 이 주제도 위에 열거한 책과 비교할 때 만만찮은 주제다.

어떤가?

이 정도면 내가 무슨 이야기를 하던 책으로 만들어내는 데에는 전혀 문제가 없을 것이라는 생각이 들지 않는가? 물론 이야기를 어떻게 풀어내는가가 책의 가치를 결정한다. 어떤 주제를 정하든 스스로 책 한 권 분량의 이야기를 할 수 있다면 문제되지 않는다. 그 주제를 어떤 이야기로 채울 것인지, 어떻게 독자를 설득할 것인지에 대해서만 고민하면 된다.

스스로 채워나갈 이야깃거리가 없다면 남의 이야기를 빌려 와도 된다. 앞서 언급한 정혜윤 작가의 『침대와 책』이 그랬고, 릭 게코

스키의 『아주 특별한 책들의 이력서』가 그렇다. 다른 사람들이 쓴 책 내용을 자신의 삶, 만남, 이별, 감정과 버무려 재미있는 읽을거리를 선사한 정혜윤 작가는 정말 대단한 이야기꾼이다.

책의 줄거리나 의미가 아닌, 책 자체의 이야기, 책이 만들어지는 과정, 그 책이 얼마에 팔렸는지, 경매 시장에 나온 이유가 무엇인지에 대해 말하는 『아주 특별한 책들의 이력서』는 우리가 읽으며 감동받은 책의 내용만큼이나 드라마틱한 이야기를 들려준다.

주제를 정하는 데에 너무 오래 고민하지는 말자. 어떤 주제를 정하든 책을 쓰기 위해서는 공부를 해야 하고, 설령 내가 가장 잘 알고 있다고 자신하는 내용의 책을 쓰더라도 공부해야 하는 양은 별 차이가 없다. 차라리 어떻게 이야기를 풀어나가야 독자들이 재미있어 할지, 스토리텔링에 대해 더 많이 고민하도록 하자.

지금 혹시 무언가 머릿속에 반짝 떠오르는 단어가 있는가? 바로 그것이 당신이 써야 할 책의 주제다. 어제 읽은 책과 같은 주제라고? 상관없다. 주제가 같은 책은 많다. 단, 당신이 쓰려고 하는 바로 그 책은 아직 세상에 나오지 않았다.

어떤 책을 읽을까?

왜 갑자기 책을 읽는 이야기를 하는지 궁금하다면, 이 책을 처음부터 다시 읽어 보기 바란다. 책을 쓰기 위해서 우리는 책을 읽어야만 한다. 책뿐만이 아니라 내 책 쓰기에 도움이 되는 자료는 무엇이든 다 읽고, 메모하고, 스크랩해야 한다.

언제부턴가 종이 신문을 읽을 일이 없어졌다. 요즘엔 인터넷으로 기사를 읽는 게 전부이고, 대중교통을 이용할 때도 신문보다는 스마트폰에 열중하게 되다 보니 더 그런 것 같다.

예전에는 신문을 꽤 읽었던 기억이 난다. 지금도 내 방 책꽂이 한쪽에는 신문 기사를 복사해서 모아둔 뭉치가 있다. 많을 때는 라면 박스 한두 개 분량 정도가 되었었는데, 가끔 들여다보면서 필요 없다고 생각되면 추려내기를 반복했더니 이젠 복사지 300매 정도 분량만 남았다.

대학 시절에 친했던 친구 하나는 중학생 때부터 신문 스크랩한 걸 아직도 가지고 있다. 이 친구는 디자인을 전공했고, 지금은 광고 대행사에 근무하고 있다. 이 친구가 신문에서 스크랩하는 것은 4컷 만화와 시사 풍자만화, 그리고 광고였다. 언젠가 이 친구 집에 놀러 갔다가 라면 박스 열 개 정도의 스크랩 자료를 보고 감탄한 기억이 난다. 물론 이 친구도 이제는 종이 신문을 보지 않고 있지만, 그때 의 스크랩 자료는 아직도 간직하고 있단다.

이야기를 다시 돌려서, 어떤 책을 읽어야 하는지에 대해 고민해 보자.

책으로 쓸 주제가 정해지면 그와 관련된 책을 읽어야 한다는 것 은 기본이다. 내가 믿고 있는 종교에 대한 이야기를 하려면 종교의 역사, 철학, 종교전쟁과 함께 종교 지도자가 쓴 책까지 읽어야 한다. 물론 종교 경전이야 필독서일 것이고……

사랑에 대해 이야기를 하려면 삼류 연애소설부터 인류의 역사, 남녀의 차이, 심리학, 문화, 심지어 성 의학, 철학 서적까지 뒤져야 한다. 아! 킨제이 보고서도 빼놓을 수는 없겠다.

사실 어떤 주제의 책을 쓸 것인가라는 고민과는 상관없이, 꼭 읽 어야 하는 책들이 있다. 그것이 바로 인문고전이고, 철학이다.

나 역시 그런 책을 많이 접해보지는 못했고, 최근 들어서야 초등 학교 6학년에 올라가는 딸과 함께 인문고전을 읽기 시작했다. 너무도 유명해서 제목만큼은 누구나 다 알고 있는 그런 책들,『논어』,『맹자』,『소크라테스』같은 책들부터 시작했다. 참 재미없다.

정말 신기한 건 딸아이의 반응이다. 나조차도 재미없고 졸린 그 책들을 초등학생 딸은 그럭저럭 읽어내고 있다는 사실이다. 게다가 가끔은 "아빠. 이 부분은 무슨 뜻이야?"라고 묻기도 하고, 밑줄을 그으며 "너무 좋은 말인 것 같아." 하기도 한다.

이런 책들은 책 쓰기와 관계없이 꾸준히 읽어야 한다. 최근에 읽었던 이지성 작가의『리딩으로 리드하라』라는 책은 처음부터 끝까지 인문고전을 읽어야 하는 이유로 꽉 차있다. 작가 스스로 인문고전을 읽으며 겪은 경험담으로 채워져 있다. 책 말미에는 읽어야 할 인문고전 리스트도 있으니 참고가 될 만하다.

이런 책은 일종의 교양 필독서이므로 여기까지만 이야기하자. 책을 쓰기 위해서도 평소에 꾸준히 읽어야 하는 책들이라는 점만 다시 강조하겠다.

다음으로 생각할 것은 내가 써야 할 주제와 관련된 책을 고르는 방법이다. 이 부분은 사람마다 기준이 다르고 자료를 찾는 방법이 다르므로 간단하게 내 경우를 소개하는 것으로 대신한다.

예전, 처음으로 책을 쓰겠다고 마음먹고 '남자다운 남자'라는 주제로 책을 쓰겠다고 덤벼든 적이 있다. 불행하게도 그 원고는 아직 내 컴퓨터 한 구석에서 잠자고 있지만…….

일단 주위에 내가 그런 주제의 책을 쓰려 한다고 알리기 시작했다. 인터넷 동호회, 친구들, 가족, 심지어 내게 배우고 있는 학생들에게까지 광고를 했다. 그랬더니 사방에서 책을 추천해주기 시작했다. 책뿐만이 아니라 영화, 드라마까지 꼭 보아야 한다고 알려주었다.

그들이 추천하는 모두를 목록으로 작성을 하고 인터넷 서점에서 검색을 했다. 먼저 읽은 사람의 리뷰를 훑어보면서 보관함에 담았다가 월급이 들어온 날 저녁, 우선순위에 따라 스무 권인가를 주문했다. 그 후로 보관함에 담았던 책 모두를 다 주문해서 읽었다. 교보문고엘 나가면 관련된 주제의 책을 찾아 목록을 작성하고, 이전의 목록과 비교해서 중복되는 건 제외하고 주문했다.

그렇게 했더니 대략 백여 권의 책을 구입했다. 물론 앞서 말한 대로 다양한 분야의 책들이 쌓였다. 인문, 철학, 진화론, 문화, 심지어 여성의 우월성에 대해 이야기하는 성 역할 논문까지……

글쓰기를 중지하고 그 책들을 읽는 데에 일 년여를 투자했고, 그후 다시 원고를 썼다.

3장 첫머리에 언급한 다치바나 다카시는 한 가지 주제를 정하면 대략 500여 권의 책을 읽었다고 했다.

누구나 그쯤 책을 읽고 나면 쓸 말이 넘쳐난다.

여기서 우리가 잘 새겨두어야 할 격언 하나. "꿈보다 해몽"이라는 말이 있다. 내가 어떤 책을 읽는가와 상관없이, 내가 써야 할 주제에 맞는 내용만 눈에 띄고, 모든 글은 그 주제에 맞게 해석이 된다. 책을 읽으며 밑줄을 긋고, 메모를 하면 역시 그 모두는 내가 쓸 주제에 맞는 내용들이다. 같은 책이라도 어떤 주제의 글을 쓰기 위해 읽느냐에 따라 다른 내용이 눈에 들어오고 같은 내용이어도 다르게 해석을 하게 된다.

아직도 읽어야 할 책을 정하지 못했다면? 책꽂이에서 가장 먼저
눈에 띄는 책을 우선 펼쳐볼 일이다.

조금 더 뻔뻔하게

솔직하게 고백하건대, 책 쓰는 블로그 원고를 쓰고 있는 지금 이 순간에도 나는 꽤 많은 고민을 하고 있다. 과연 이 내용이 책으로 만들어질 만한 내용일까? 내가 이런 주제로 글을 쓰는 게 맞는 걸까? 책이 나오면 누군가가 비웃지는 않을까?

이런 고민에 내가 진다면? 당연히 이 원고는 폐기되고 말 것이다. 만일 당신이 지금 이 책을 읽고 있다면 그건 내가 뻔뻔하기 때문이다. 부끄럽고 낯간지럽고 쑥스러운 감정을 이겨내고 꿋꿋하게 원고를 쓰고 책을 냈다는 사실만으로도 나는 무척이나 뻔뻔스러운 사람이다.

어떨 때는 원고를 쓰겠다고 자리를 잡고 앉아서 막상 원고는 들여다보지도 않고 다른 짓을 할 때가 있다. 괜히 뉴스나 뒤적거리고, 책상 위에 놓인 책이나 들춰보고……. 그러다 혹시 문자 메시지라도 오면 무척이나 반갑게 답장도 보낸다.

그렇게 한참 동안 엉뚱한 데에 시간을 쓰다가 한숨 한 번 푹 쉬고 나서 원고를 연다. 새로운 글을 이어가야 하는데 괜스레 전에 쓴 원고나 읽어보고 수정하고 싶은 마음을 억누른다. 그런 시간이 생각보다 길다. 지금은 손이 마른 느낌이 들어 핸드크림을 조금 찍어 바르고 머리를 만지작거렸다.

왜 이렇게 원고 쓰기에 집중하지 못하고 있는 걸까? 바로 부끄럽기 때문이다. 내가 쓰고 있는 원고가 하염없이 작아 보이고, 글을 쓰고 있는 나 자신이 한참 못 미친다는 생각이 들기 때문이다.

처음 책을 쓰겠다고 결심을 하고 시작했을 때는 나름대로 의욕이 충만하고 패기가 넘친다. 온밤을 꼬박 새워서라도 원고를 마무리 짓고 싶다. 타이핑 속도가 느린 것을 한스러워하며 정신없이 써내려간다. 그렇게 쓴 원고의 분량이 조금씩 쌓여가다 보면 가장 먼저 발길, 아니 손길을 붙잡는 건 쓸 말이 생각나지 않는 경우다. 이 부분에 대한 가장 현명한 해결책은 앞서 이야기했듯 공부하는 것뿐이다. 그렇게 책을 읽고 자료를 뒤져가며 어렵게 첫 번째 난관을 헤쳐나가야 한다.

자! 공부도 충분히 했고 이젠 정말 쓸 일만 남았다고 생각하면서 글을 쓰다 보면 두 번째로 손길을 막는 것이 바로 이 부끄럽고 쑥스러운 감정이다. 이때는 별의별 생각이 다 든다. '내가 왜 책을 쓰겠다고 생각했을까?'부터 '이제라도 그만둘까?', '책 안 써도 먹고 사는 데 지장 없는데'까지……

이런 난관을 극복하는 방법은 별 수 없이 뻔뻔함으로 무장하는 것이다. 우선 부끄러운 마음이 들더라도 쓰는 거다. 누가 뭐라 하겠는가? 아무도 없는 방 안에 나 혼자 앉아서, 나쁜 짓을 하는 것도 아니고 글을 쓰는데 말이다.

주변에 소문을 내는 것도 좋은 방법이다. 사방팔방 알리고 나면 주위에서 물어온다. "도대체 그 책은 언제쯤 나오는데?" 이 질문에 대답을 하기 위해서라도 써야 한다. "그냥 포기했어. 못 쓰겠더라고."라고 대답할 수는 없는 노릇 아닌가? 그런 대답을 하면 이런 반응이 돌아온다. "에이. 내 그럴 줄 알았다. 책을 쓴다기에 그런가 보다 했지만 네가 무슨 책을 쓰냐? 그만 두길 잘 했다." 이건 위론지 비아냥거림인지 모르겠다. 이런 소릴 듣자고 책 쓰겠다고 떠벌린 건 아니지 않는가?

별 수 없다. 이젠 써야 한다. 부끄럽고, 낯간지럽고, 쑥스러워도 어쩔 수 없다. 주위에 별 볼 일 없는 그저 그런 인간, 자기가 한 말에 책임도 지지 못하는 한심스러운 인간으로 찍힐 수는 없으니 말이다.

아무리 해도 뻔뻔해지지 않는다면? 이렇게 스스로를 타일러 보자. "어차피 원고를 다 써도 책으로 내기는 어려워. 그러니까 일단 써보자. 다 쓴 다음에 아무리 생각해도 책 내기 창피하다 싶으면 그때 포기하면 되잖아?"

우리가 생각하는 것보다 우리는 꽤 부끄러움을 많이 탄다. 그걸 고스란히 느끼면서, 여전히 손발이 오그라드는 기분에 허우적대면서, 그래도 여전히 써야 한다. 그만큼 뻔뻔해져야 한다.

내가 처음 책이라는 걸 쓰고 싶다고 마음먹었을 때 내 핸드폰 액정에 이런 문구를 넣어 두었다. 가끔 마음이 흔들릴 때면 핸드폰을 열어 두고 멍하니 들여다보다가 마음을 다잡곤 했다.

"닥치고 써제껴!"

책 쓰는 블로그 플랜

PART 4

어떻게 쓸 것인가?

우리는 작가를 상상할 때 종종 오해를 한다.
한량처럼 빈둥대다가 줄담배를 피워가며 글을 쓰는 모습, 또는 매일 낮밤을 뒤바꿔 살면서 올빼미족이 되어 밤을 꼬박 새우며 글을 쓰는 모습, 평소에는 글이 떠오르지 않는다며 한숨만 쉬다가 필이 꽂히면 몇 날 며칠을 글에 매달리는 모습…….

일 년에 네 권 넘게 책을 쓰는 명로진 작가, 그의 집필실에 들른 적이 있다. 지은 지 오래되어 낡고 자그마한 오피스텔을 집필실로 이용하는 그는 직장인 출퇴근하듯 칼같이 일을 한다. 작가에게 글쓰기는 일이므로 직장인처럼 해야 한다는 철칙을 고수한다고 했다. 아침에 출근해서 저녁에 퇴근할 때까지 정해진 시간표에 따라 글을 쓰고 자료를 뒤진다. 그게 일과다.

책상 위에는 일정을 적을 수 있는 캘린더가 놓여있고, 외출을 제외한 대부분의 일정은 자료 수집과 글쓰기에 관한 내용이었다. 캘린더는 온통 까맣게, 자료 찾고 공부하고 글을 써야 한다고 소리치고 있었다.

몇 년 전, 방송 작가를 꿈꾸며 게임 회사에서 근무하는 친구를 알게 되었다. 이 친구는 어른을 위한 동화도 한 권 출간했다. 이 친구의 글쓰기도 꽤 독특하다. 10년 넘는 긴 세월 동안 사무실 도착 시간은 7시, 사무실에 제일 먼저 출근해서 한 시간 정도 글을 쓴다. 이렇게 쓴 시나리오를 공모전에 출품하기도 했다. 그 친구의 작품 몇 개가 유명 만화가의 눈에 띄어서 함께 만화 제작을 하기로 했다는 소식을 들었다.

글쓰기, 책 쓰기를 시작하려다가 지레 포기하게 될 때 가장 많이 드는 평계가 바로 "시간이 없다"는 것이다. 직장을 다니기 때문에 짬을 내기 힘들다, 해야 할 일이 많아서 글을 쓸 시간이 없다…….

정말 그럴까? 내가 언제부터 그렇게 바쁜 인간이었지? 혹시 글 쓰는 습관이 되지 않아서 그런 건 아닐까?

주제를 정하고 자료를 찾고 책을 읽으면서 메모를 하고 그걸 글로 바꾸어 내는 작업, 이건 하룻밤 맘먹고 한다고 될 수 있는 일이 아니다. 주말 하루쯤 투자해서 주르륵 써낼 수 있는 수준이 아니다. 오히려 일과 중에 짬짬이 책을 읽으며 밑줄을 긋고, 쉬는 시간 틈틈이 인터넷을 검색해서 자료를 찾아 스크랩하고 메모를 해야 한다. 그리고 하루 중에 시간을 내서 앞서 정리한 내용을 글로 쓰면 된다.

책 읽고, 자료 찾는 건 따로 시간을 내지 않아도 충분히 가능하다. 출퇴근 시간에 책을 읽으면 되고, 업무 중 쉬는 시간, 식사 시간을 활용하면 자료도 수집할 수 있다. 문제는 글을 쓰는 시간이다. 이건 따로 시간을 내야 가능하다. 정 시간을 낼 수 없으면 잠자기 전 삼십 분, 또는 아침에 삼십 분만 일찍 일어나면 된다. 처음에는 힘든 작업이다. 하지만 66일만 지키면 그때부터는 충분히 여유롭게 쓸 수 있다. 글을 쓰는 건 습관이다. 습관을 만들면 누구나 할 수 있는 게 글을 쓰는 것이다.

2011년 2월, 얇은 두께의 책을 한 권 읽었다. 박유상이라는 작가의 『남자 삼대 교류사』라는 책이었는데, 내용 자체는 사실 나에게 큰 감흥을 주지 못했다. 내가 충격을 받은 부분은 책 말미에 있는 편지 모음이었다. 노 정치인인 윤여준 씨가 첫아들을 군대에 보내고 난 후, 아들이 훈련받는 기간 동안 매일 쓴 편지였다. 내용이야 별 것 있겠는가? 그냥 일상 이야기들⋯⋯.

나는 자식에게 그렇게 편지를 매일 썼다는 사실에서 감동을 받았다. 그리고 나도 편지를 쓰기 시작했다. 지금도 매일 쓰고 있다. 처음 쓰기 시작한 날이 2010년 2월 7일 월요일이다. 그날 이후로 지금까지 지난 해 11월, 갑자기 심하게 아팠던 닷새를 빼고는 매일 썼다. 처음엔 쓸 말이 없어서 고민했고, 가끔은 언제쯤 되면 이 편지가 멈출지 궁금하기도 했다. 어쨌든 그렇게 일 년을 넘겨 매일 쓰고 있다. 이 편지 역시 습관이 되었다. 매일 밤, 잠들기 전에 편지를 쓴다.

다시 한 번 말하자면 글쓰기는 습관이다. 매일 시간을 정해서 쓰면 된다. 그렇게 두 달을 넘기면 습관이 되고 그렇게 써둔 글이 모이면 책 한 권이 만들어진다.

명로진 씨는 그의 책 『인디라이터』에서 작가에 대해 이렇게 정의한다.

"지금 쓰고 있는가? 당신은 작가다. 그렇지 않다면? 당신의 책이 세상에 나오길 기대하지 마라. 다음 생에는 어찌 될지 모르지만……."

우선 메모부터 하자

글을 쓴다는 것, 더구나 책 한 권을 완성하기 위해 원고를 쓴다는 것은 결코 쉬운 일이 아니다. 단순하게 생각하면 매일 두세 페이지씩 글을 쓸 경우, 두 달 정도면 책 한 권 분량의 글이 나온다. 하지만 이렇게 쓴 글은 절대 책이 될 수 없다.

앞서 쓴 글에는 매일 두세 페이지씩 두 달을 쓰면 책 한 권이 된다고 했다. 그런데 지금은 그렇지 않다고 말하고 있다.

글을 쓰는 것과 책을 쓰는 것의 차이를 분명하게 알아야 한다. 글을 쓰는 것은 누구나 할 수 있다. 그렇게 쓴 글은 글일 뿐이다. 책을 쓴다는 것은 주제를 정해서 일관되게 이야기하는 것이다. 단순하게 머리에 떠오르는 글을 매일 쓰는 것과 주제를 정해서 그 내용을 책으로 완성하는 것은 하늘과 땅만큼 차이 나는 일이다.

어느 누구도 사전 준비 없이 매일 두세 페이지씩 써서 두 달 만에 책을 낼 수는 없다. 따라서 책을 쓰기로 마음먹었다면 부지런히 준비해야 한다.

가장 좋은 첫 번째 방법은 메모다. 주제를 정했으면 스스로 그 주제에 관해 계속 생각을 해야 한다. 말을 약간 바꾸자면 관심을 기울여야 한다고 표현해도 좋겠다. 관심을 갖고 있다면 보고 듣는 모든 것을 관심사에 대입시키게 된다. 그리고 어느 순간 떠오르는 단어 하나, 짧은 문장 하나, 또는 길거리에서 눈에 띄는 사물……. 이 모든 것이 글을 쓰는 데 써먹을 재료, 즉 글감이 된다.

작은 수첩을 하나 들고 다녀도 좋다. 핸드폰의 문자 메모 기능도 훌륭하다. 요즘 많이 사용하는 스마트폰은 책을 쓰고자 하는 우리에게는 정말 좋은 기기다. 메모장을 열어 메모를 할 수도 있고, 카메라를 작동시켜 촬영을 할 수도 있으며 녹음 기능을 이용할 수도 있다.

스마트폰을 사용하기 전까지 나는 MP3 플레이어를 꽤 유용하게 활용했었다. 대중교통을 이용하면서 노래를 듣는 용도로 사용하는 것은 물론이고, 회의, 강의 등의 현장에서는 꼬박꼬박 녹음을 했다. 이렇게 녹음된 내용은 저녁에 컴퓨터 연결하여 다시 들으면서 필요한 내용을 워드 프로세서에서 타이핑하여 정리한다. 물론 녹음된 내용은 컴퓨터에 백업을 받는다. 파일 이름은 [20120205-블로그책쓰기강의]식으로 바꾸어 두어야 나중에 찾기 쉽다.

스마트폰에는 기본 내장된 메모 앱이 있다. 또한 백업을 자동으로 할 수 있는 다양한 앱이 많이 출시되어 있으므로 이를 적극적으로 활용할 수도 있다. 내 경우에는 네이버에서 제공하는 메모 앱을 주로 이용한다. 컴퓨터용 프로그램, 스마트폰용 앱이 나와 있으며 인터넷으로 네이버에 접속해서 사용할 수도 있다. 또한 메모 내용은 아이디를 기준으로 하여 모두 통합된다. 따라서 집에서는 컴퓨터용 프로그램으로, 이동 중에는 스마트폰용 앱으로, 외부에서는 인터넷으로 접속하여 메모를 할 수 있고 확인도 가능하다.

몇 년 전 출시된 펄스 스마트 펜이라는 제품은 펜과 보이스 레코더가 결합된 형태다. 강의를 들으며 필기를 하고 나중에 펜을 메모한 부분에 가져다 대면 필기한 그 시점에 녹음된 내용을 들려준다.

사실 가장 속 편하고 좋은 방법은 종이와 볼펜이다. 언제 어디서고 쉽게 쓸 수 있으니 가장 맘 편하게 사용할 수 있는 전통 메모 방식이다. 시중에는 메모를 효율적으로 잘할 수 있는 방법을 소개하는 많은 책들이 나와 있으므로 메모에 자신이 없다면 이런 책을 한 권쯤 구입해서 읽어보는 것도 도움이 된다.

김영세 〈이노디자인〉 대표의, 급하게 냅킨에 했던 아이디어 메모에서 12억짜리 디자인이 된 일화는 유명하다.

안철수 교수는 평소에 종이에 메모를 하는 습관이 있고, 그렇게 메모한 것들은 꼭 지니고 다녔다고 한다. 메모의 양이 점점 많아져서 가방마저 배낭으로 바꾸었고, 그럼에도 너무 무거워서 무게를 재보니 10kg에 달했다는 에피소드는 많은 것을 생각하게 한다.

책을 쓸 주제를 정하고 난 뒤 무엇을 해야 할지 몰라 망설이지 말자. 일단 메모할 준비를 마치고 나서 주제와 관련된 책도 읽고, 길거리를 지나다니며 눈길을 끄는 것들을 살펴보자. 그리고 필요하다 생각되면 망설이지 말고 메모를 하자.

글을 쓰기로 정한 시간이 되면 그 메모들을 펼쳐 놓고 훑어보며 떠오르는 생각을 정리하는 것으로 우리의 책 쓰기는 시작된다.

물론 책을 쓰기 위해서는 목차도 필요하고, 각 목차에 해당하는 글이 필요하다. 이 모든 작업에 앞서 필요한 것이 바로 메모다. 아름다운 꽃도 결국 씨앗 하나에서 시작한다.

우리가 만들 책, 내일의 베스트셀러 한 권을 위한 씨앗! 그것이 바로 메모다.

요즘 책들을 보면 참 화려하다. 표지도 화려하고, 제목도 멋진 캘리그라피 작품에 내용도 풀 컬러인 경우가 많다. 곳곳에 사진이 즐비하다. 심지어 책 전체에 읽어야 할 글자의 양보다 사진이 더 많아 보이는 책도 있다.

책이 읽기 위한 존재에서 보기 위한 존재로 변이해 가는 과정이 아닐까 싶다.

아직까지는 그나마 글이 더 많은 게 다행이랄까?

잘 찍은 사진 한 장은 원고지 몇십, 몇백 매의 역할을 하기도 한다. 다시 말하자면 글의 내용이 설령 조금 모자라더라도 사진하나 잘 써서 좋은 책이 만들어질 수도 있다는 말이다. 적극적으로 사진을 활용해야 하는 이유다.

지금은 지적재산권이 맹위를 떨치는 시대다. 내가 별생각 없이 사용한 사진 한 장으로 인해 벌금을 물어야 할 수도 있고, 최악의 경우에는 판매 금지를 당할 수도 있다. 이쯤 되면 이럴 수도 저럴 수도 없는 상황에 빠진다. 사진을 한 장 쓰려고 하면 사용권 계약에 따라 배보다 배꼽이 더 커지는 상황이 벌어질 수도 있다. 어쩔 것인가?

앞서 메모를 이야기하며 스마트폰을 비롯하여 다양한 기기를 활용하도록 하자고 이야기했다. 이번에도 역시 같은 이야기를 해야겠다.

예전, 필름 카메라로 사진을 찍던 시기에 사진은 특별한 존재였다. 가정집에서는 셔터만 누르면 되는 자동카메라 하나쯤 갖고 있었고, 입학식, 졸업식, 여행과 같은 특별한 날에만 사진을 찍었다. 가끔 필름이 제대로 감기지 않았거나, 빛이 들어갔거나 해서 열심히 찍은 사진을 하나도 건지지 못하는 경우도 종종 있었다. 내 경우에는 87년 2월, 대학을 졸업하던 날이 그랬다. 좋은 카메라를 들고 나타난 친구가 열심히 사진을 찍어주었다. 필름을 모두 네댓 통 썼던 것 같은데 건진 건 독사진 한 장이었다. 신기하게 독사진 한 장은 정말 잘 나왔는데 나머지는 모조리 빛이 들어가서 아예 아무것도 찍히지 않았다.

디지털 카메라가 선을 보이고 휴대용 기기에는 카메라가 달리는 세상이 되었다. 이제 카메라는 일상을 찍고 담는 기록 매체로 활동한다. 식당에서 밥을 먹으면서 찍고, 길거리를 지나면서 무심히 찍고, 가끔 얼짱 각도로 셀카를 찍는다.

전문가용이라고 인식되던 렌즈 교환 방식의 카메라도 이제는 흔한 세상이 되어버렸다. 약간의 여유 자금과 관심만 있다면 이제는 누구나 좋은 카메라로 좋은 사진을 찍을 수 있는 세상이 되었다.

작가는 결국 자료와의 싸움에서 이긴 사람이다. 자료에는 다른 작가의 책도 있고, 누군가의 논문도, 길거리에서 만나는 일상의 흔적도 있다. 영화, 드라마, CF…… 모든 것이 책을 쓰는 사람에게는 자료가 된다.

자료는 일단 무조건 모아두어야 한다. 책을 쓰려고 한다면 내가 정한 주제에 맞는 사진과 영상, 글을 무조건 모으고 분류하고 읽고 보아야 한다.

이렇게 찍어둔 사진이 나중에 책을 내는 시점에서 꼭 필요한 한 장의 사진이 될 수도 있다. 작가는 글을 쓰는 사람이 아니다. 작가는 책을 쓰는 사람이다. 책을 쓰기 위해서는 무엇이든 할 수 있고, 해야 한다. 자신의 책에 필요한 사진은 작가가 직접 구해야 한다.

『아쌈 차차차』라는 인도 차밭 여행기를 펴낸 김영자 작가는 인도 아쌈 주의 차밭에서 현지 사람들과 직접 차밭 생활을 했다. 그렇게 담은 90일의 사진, 메모가 모여서 한 권의 책이 되었다. 『아쌈 차차차』에는 작가가 직접 찍은 사진들로 꽉꽉 채워져 있다.

작가가 되기 위해, 책을 한 권 내기 위해 참 많은 것을 해야 한다. 글감 찾아야지, 사진 찍어야지, 동영상도 찍어야지, 녹음도 해야지, 자료를 분류도 하고 언제든 필요할 때 꺼내 쓸 수 있게 정리까지 해 두어야 한다.

언젠가 중견 만화가 한 분의 특강을 들을 기회가 있었다. 그분은 낡고 두툼한 노트 한 권을 꺼내 펼쳐들고 설명을 하셨다.

"이건 캐릭터 노트입니다. 저는 평소 만나는 사람들, 스쳐가는 사람들을 유심히 관찰합니다. 그리고 몸매, 생김새, 말투, 걸음걸이 같은 특징들을 메모한 다음 그걸 보면서 그 사람에 대해 상상을 합니다. 직업을 만들고, 사는 곳을 정하고 가족 관계, 성격, 인간관계를 상상하면서 이 노트에 기록합니다. 물론 이 노트에는 제가 잘 아는 사람들에 관한 내용도 들어 있습니다. 만화를 만들다가 막힐 때면 가끔 이 노트를 펼쳐듭니다. 눈에 띄는 인물 하나를 찍어서 만화에 등장시킵니다. 그러면 그 노트에 적힌 그 사람의 성격, 직업, 말투 때문에 또 다른 이야기가 만들어집니다. 이런 노트가 대략 열 권 이상 있습니다."

그 만화가의 작품에 등장하는 모든 인물은 이 노트에서 나왔다.

나는 몇 년 전, '남성'이라는 주제로 책을 여러 권 읽었다. 그때 읽었던 내용 중의 하나가 작년 이맘때쯤부터 머릿속을 맴돌기 시작했다. 인간의 언어, 그 중에서도 '만약'이라는 가정법이 인간 세상을 발전하게 만든 원동력이라는 내용이었다. 처음엔 그저 가끔 생각나면 이런저런 상상을 하는 정도였는데 이게 점점 나를 괴롭히기 시작했다. 그래서 메모를 했고, '만약'이라는 잣대에 모든 것을 대입하기 시작했다. 아마 다음 책은 바로 이 '만약'이라는 인간의 상상력에 관한 책을 쓰게 될 것 같다.

무엇이든 책이 될 수 있다. 어떤 이야기든 책 한 권을 만들어낼

수 있다. 사랑, 미움, 죽음, 고통과 같은 감정에 관한 것들부터 돈, 명
예, 심지어 방귀나 똥, 손톱마저도 책 한 권으로 탄생할 수 있다. 우
리가 사색을 하고 메모, 자료, 사진을 모을 수 있다면 말이다.

베스트셀러를 보면 제목부터 남다르다.

최근에 인문고전 전도사가 된 이지성 작가의 최고 베스트셀러는 누가 뭐래도 『여자라면 힐러리처럼』, 『꿈꾸는 다락방』이다.

장하준 교수의 작품 제목은 어떤가? 『그들이 말하지 않는 23가지』, 『나쁜 사마리아인들』, 『사다리 걷어차기』…….

우리에게 정의 신드롬을 일으킨 마이클 센델 교수의 『정의란 무엇인가』

종교 문제를 정면으로 비판해서 종교계를 시끄럽게 했던 리처드 도킨스의 『만들어진 신』이 책의 원제는 더 황당하다. 『The God Delusion』, 신의 망상? 신이라는 망상? 이쯤 해석될 것 같다.

국내에서 신드롬이라 불러도 전혀 어색하지 않은, 김난도 교수의 『아프니까 청춘이다』는 마치 젊은이들의 고뇌와 방황을 어루만지는 다정한 손길처럼 느껴진다.

이런 멋진 제목들은 도대체 어떻게 만들 수 있을까?

아직도 신간 제목으로 활용되는 '십대에 해야 할~' '이십대에 해야 할~'과 같은 연령대 별로 해야 할 일, 읽어야 할 책으로 사용되는 제목은 어떤가?

책의 제목은 책에 대해 가장 핵심적인 내용을 담고 있어야 한다. 제목만으로 작가가 하고 싶은 말이 무언지 알려주어야 한다. 책을 사려는 사람으로 하여금 궁금증을 유발하고 책을 들춰보게 만들고 돈을 지불하고 구입하게 만들어야 한다. 일단 표지가 눈에 띄어야 하고 제목이 눈길을 끌어야 한다.

아직 완성되기 전이고, 출간될지도 결정되지 않았지만 지금 쓰고 있는 책의 제목 '책 쓰는 블로그'가 정해진 과정을 간단하게 짚어보자.

처음 생각한 건 이런 문장이었다. "블로그로 내 이름 석 자가 박힌 책을 한 권 쓰자." 애초부터 책을 쓰겠다는 생각은 없었고 이런 주제로 강의를 하고 싶었다.

일단 무엇을 하겠다는 건지 정리해야겠기에 이렇게 긴 설명문을 붙였다. 그 다음 강의가 필요한 이유를 적고, 강의에서 꼭 짚어야 할 핵심 요소를 정리하며 책을 써야겠다는 결론을 내렸다. 기왕이면 강의와 책의 제목을 같게 해야겠다는 생각을 하면서 '내 책을 쓰기 위한 블로그 활용'이라는 제목을 붙였고, 강의 커리큘럼을 정리하면서 '블로그로 책 쓰기 프로젝트'로 바꾸었다.

강의 커리큘럼과 책 목차를 결정하고 원고를 쓰기 시작했다. 그러면서도 계속 제목이 뭔가 부족하다는 생각이 떠나지 않았다.

강의 소개 부분과 책 목차 부분만 따로 떼어서 아는 분께 메일로 보내어 검토를 부탁드렸다. 그때 파일 이름을 짧게 줄이기 위해 '책 쓰기 블로그'로 바꾸었는데, 이게 나은 것 같다 싶었다. 그래서 제목을 '책 쓰기 블로그'로 정하려는 순간 '책 쓰는 블로그'가 떠올랐다. 조금 부드럽다는 느낌, 뭔가 좀 편하다는 느낌과 함께…….

앞으로 이 책을 완성하기까지 또 제목을 바꿀지도 모른다. 최종 완성되어 책으로 출간될 때는 전혀 다른 제목을 달고 나올지도 모른다. 어쨌든 현재 내가 생각하는 최선의 제목은 '책 쓰는 블로그'다.

제목을 정하는 것은 책이 인쇄로 넘어가는 마지막 순간까지 고민해야 하는 부분이다. 책 제목 하나가 책의 성격을 정하고 독자를 끌어들이며 책의 모든 것을 담는 결정체다.

처음부터 멋진 제목을 만들기 위해 힘을 뺄 필요는 없다. 단어 하나, 또는 책 내용을 설명하는 긴 설명문으로 시작해도 된다. 오히려 처음에는 내가 하고 싶은 이야기를 구체적으로 묘사하는 문장으로 하는 편이 나을 수도 있다.

책을 쓰다 보면 나도 모르게 내용이 산으로 올라가는 경우가 생긴다. 처음 시작할 때는 이런 내용을 쓰려고 했던 게 아닌데 원고를 쓰면서 조금씩, 나도 모르게 엉뚱한 방향으로 전개될 수도 있다. 그렇다고 해서 매번 처음 써둔 원고 작성 의도를 찾아 읽을 수는 없는 일이다.

내가 쓰고 싶은 내용을 충분히 반영할 수 있는, 설명이 잘 되어 있는 문장을 제목으로 정하자. 그런 후 기획서를 쓰고, 목차를 쓰고, 책 내용을 쓰다 보면 함축적이고 멋진 제목이 갑자기 떠오른다. 그러면 가차 없이 제목을 바꾼다.

아예 제목의 변천사를 모두 알 수 있게 처음 정한 제목부터 순서대로 적어두어도 좋다. 그렇게 계속 떠오르는 제목을 기록해 두면서 책을 완성하면 된다. 마지막으로 원고를 출판사에 넘기는 시점에서 제목을 하나 정하면 된다. 아니면 그 모든 제목 목록을 출판사에 함께 넘겨서 검토를 부탁해도 된다.

제목을 정하는 일은 그만큼 중요하고 항상 고민해야 하는 부분이다. 그래서 이런 말이 있지 않은가? '가제' 임시로 붙인 제목이라는 뜻이다. 언제든 바꿀 수 있는 제목. 제목이야 말로 화룡점정(畵龍點睛)이 아닐까?

용의 눈은 가장 마지막에 그려 넣어야 그 용이 멋지게 하늘로 날아가는 법이다.

내가 처음 썼던 책은 포토샵 사용 방법을 설명하는 내용이었다. 책을 써본 경험이 없었던 나는 무턱대고 본문부터 쓰기 시작했다. 그냥 떠오르는 대로 써나가다가 글이 막히면 거기서 끝내고 다른 작은 제목을 하나 달아서 또 쓰는 식이었다.

2~3주쯤 지난 어느 날, 그 동안 쓴 내용을 정리하면서 제목만 따로 뽑아내다 보니 중복되는 내용도 많고 꼭 필요한데 빠진 내용도 많았다. 게다가 순서도 엉망이었다. 설명서니까 당연히 난이도에 따라 정리를 해야 하는데 도통 손을 댈 엄두가 나지 않았다.

그때 가서야 목차를 정리하기 시작했다. 목차를 대강 정리하고 난 뒤, 써둔 원고를 목차에 따라 분류하고 다시 쓰기 시작했는데, 나중에 원고가 완성될 때쯤 보니 처음에 썼던 원고 중 상당수가 불필요한 내용이어서 빼버리게 되었다.

책을 쓸 때는 우선 주제를 결정하고 제목을 정해야 한다. 그리고 바로 정리해야 할 것이 바로 목차다. 물론 이 목차는 원고를 쓰는 과정에서 계속 수정과 삭제, 추가를 반복하게 된다. 하지만 목차가 정해지지 않은 상태에서 작성한 원고는 내 경우처럼 아예 빼버리게 되는 경우도 종종 발생한다.

몇 번이고 수정할 것을 각오하고 목차를 정리해야 한다. 목차를 쓰다 보면 내가 쓰고자 하는 책의 대략적인 전개 방향과 흐름을 가늠할 수 있게 된다. 일단 목차를 완성하고 나서 각 목차의 제목별로 원고를 쓰면 된다.

경우에 따라서는 목차의 가장 마지막 부분부터 원고를 쓰게 될 수도 있고, 중간부터 쓸 수도 있다. 아예 목차의 순서와는 상관없이 작은 제목별로 원고를 작성하는 경우가 더 많다. 소설처럼 이야기의 흐름을 따라가는 장르의 책이라면 모르지만 에세이, 처세술, 실용서와 같은 분야는 어쩔 수 없다.

내 경우엔 목차를 정하고 나면 목차의 작은 제목 별로 빈 페이지를 하나씩 만든다. 그런 다음 작은 제목들을 훑어보면서 떠오르는 내용을 간단하게 적는다.

이 책의 첫 장 목차를 기준으로 설명하자면 이렇다.

0. 서문 - 2페이지 작성할 것. 책 쓰기와 블로그의 만남에 관한 내용을 중점으로……

1. 내 이름이 박힌 책 한 권 - 1 페이지. 책 한 권이 작가에게 주는 의

물론 이렇게 써나가는 중에 떠오르는 문장이나 필요한 내용을 적기도 한다. 간혹 단숨에 작은 제목 하나에 해당하는 분량의 글을 써내려갈 때도 있다.

그렇게 원고를 작성하면서 무언가 부족하다고 느껴지면 목차를 적어둔 페이지의 말미에 간략하게 메모를 하면 된다. 나중에 그 메모를 보면서 작은 제목을 정하고 목차 내에서 찾아가야 할 위치를 정해서 추가하면 된다.

결국 목차 역시 원고가 마무리되는 시점까지 계속 수정을 반복하게 된다. 처음 정한 목차가 마지막까지 그대로 가지는 않는다.

일단 처음 정한 목차는 나로 하여금 글을 쓰는 방향과 길을 제시해 준다. 그 길을 따라가다 보면 새로 길을 내야 할 때도 있고, 되돌아가야 할 때도 생긴다. 그렇게 먼 길을 갈 수 있도록 해주는 길잡이 역할을 목차가 담당하게 된다.

자! 이제 새로운 페이지를 펼쳐서 목차를 작성해보자.

목차를 쓰는 데에 원칙이 있는 것은 아니겠지만, 내 경우에는 앞부분에 주제에 관한 큰 그림을 이야기하고 뒤로 갈수록 세부적인 내용을 쓸 수 있도록 정리하는 편이다.

만일 자기계발에 관한 책이라면 동기부여, 의욕을 고취하기 위한 내용이 앞부분에 들어가야 할 것이다. 이렇듯 책의 장르에 따라 목차 역시 고민해서 정해야 한다. 처음부터 너무 거창하게 시작해서 독자로 하여금 부담감을 느끼게 하거나, 아주 구체적인 이야기부터 시작해서 공감을 얻는 데 실패할 수도 있다. 목차를 쓰는 것 역시 연습이 필요하다.

책을 쓰는 데에 정해진 방법은 없다. 목차를 작성하는 것 역시 마찬가지다. 어쩌면 목차는 작가의 개성이 가장 잘 드러나는 곳일 수도 있다. 나의 개성, 내 책의 개성을 목차로 뽑내보자.

기획서를 쓰자

새로운 사업을 기획하는 사람이라면 필히 만들어야 하는 것이 바로 사업계획서다. 멋지게 파워포인트로 만들어서 남들 앞에서 프레젠테이션을 해서 사업 자금을 투자받기도 한다. 심지어 동네 구멍가게나 학교 앞 분식집을 하나 열려고 해도 사업계획서는 필요하다. 매장 크기, 인테리어 비용, 초기에 들여야 할 각종 부자재……. 그리고 유동인구를 따져서 예상되는 고객의 규모까지 꼼꼼하게 정리해야 한다.

2000년대 초반, 나는 제법 그럴듯하다고 판단되는 아이템을 가지고 창업을 하기 위해 노력했었다. 파워포인트로 제법 그럴듯한 사업계획서를 만들고 창업투자회사 문을 두드렸지만 단 한 군데도 내 사업 아이템에 투자하겠다는 곳이 없었다. 그러던 중, 지금은 없어진 정보통신부에서 주최하는 벤처창업경진대회에 참가하게 되었다. 내심 자신 있었다. 하지만 결과는 낙방! 당시 사업을 위해 특허도 출원해 둔 상태였고, 돈과 시간을 많이 들였지만 결국 포기하고 말았다.

당시 내 사업계획서를 검토했던 분들이 하나같이 지적했던 사항은 '경쟁업체'에 관한 항목이 부실하다는 것이었다. 그 당시 내가 제안했던 아이템의 경우에는 시장 자체가 형성되지 않은, 말 그대로 전혀 존재하지 않는 시장이었다. 나는 그런 상황을 '무주공산'으로 생각해서 시작하면 무조건 대박이라고 생각했지만, 투자사 입장에서는 검증되지도 않고, 시장조차 형성되지 않은 사업에 투자하는 것은 쪽박을 차는 지름길로 판단할 수밖에 없다.

당시에 나는 '이런 멋진 사업 아이템을 이해하지 못하는 그들이 잘못이다'라는 생각을 하며 울분으로 밤을 지새웠다. 만일 지금 내가 똑같은 상황이라면 그들을 설득할 수 있는 다른 방법을 찾아봤을 것이다.

혹시, 누군가가 내 사업계획서를 보고 투자를 했다면? 아마 투자 원금을 홀랑 날리고 말았을 것이다. 지금 다시 들여다 본 그 사업계획서는 당시의 내 눈에는 보이지 않던 허점투성이니까 말이다.

책을 쓰는 데에도 기획서가 필요할까? 필요하다면 어떻게 써야 하고, 언제 써야 할까?

기획서를 쓰는 것은 내가 쓰고자 하는 책이 왜 필요한지, 왜 지금 나와야 하고, 내가 써야 하는지를 밝히는 작업이다. 기획서는 최대한 객관적인 시각으로 책의 필요성에 대해 설명해야 한다.

책을 내기 위해서 우리는 출판이라는 과정을 거쳐야 한다. 물론 스스로 책을 내는 것이 우리의 기본 방향이다. 하지만 내가 쓰는 책이 정말 필요한 내용이고 팔릴만하다 싶으면 출판사에서 출판 제의를 해올 수도 있다. 책을 쓰는 동안 짬짬이 국내 출판사에 내가 이런 책을 쓰고 있다는 것을 알리고 출판 의사를 타진할 수도 있다.

예전에는 완성된 원고를 들고 출판사 문을 두들겼다고 한다.

프랑스의 유명한 영화 〈베티블루37'.2〉에도 베아트리체 달이 여주인공으로 등장하여 사랑하는 애인의 책 원고를 여러 출판사에 무작정 보내, 결국 출판하게 되는 에피소드가 등장한다.

지금은 이런 방법은 통하지 않는다. 그 두툼한 원고를 맘 편하게 앉아서 읽어줄 출판 기획자는 없다.

나는 기획서를 써서 출판사에 돌려본 경험이 있다. 대략 서른 군데 정도 돌린 것으로 기억하는데, 답장은 네 군데에서 왔고, 그나마 제대로 기획서를 읽고 답장을 보낸 곳은 딱 한 군데였으며 내용은 출판 거절 의사를 담고 있었다. 불과 몇 장 되지 않는 기획서마저 제대로 읽히지 않는데 원고를 통째로 출판사에 보낼 수는 없는 노릇이다.

또한 기획서는 책을 쓰는 내내 길잡이 노릇을 해준다. 굳이 남에게 보여주기 위해서가 아니라, 나 자신의 집필 방향을 확인하기 위해서도 기획서는 꼭 필요하다.

그러면 기획서에는 어떤 내용을 담아야 할까?

기획서는 책에서 말하고자 하는 내용을 명확하게 밝혀야 한다.

어떤 내용인지, 왜 이 책이 필요한지, 다른 책들과의 차이점은 무엇인지 알려야 한다. 더불어 샘플 원고를 포함하도록 한다. 작가 자신의 입장을 대변하는 것이 아니라, 기획서를 검토하는 입장에서 생각해야 한다.

> ·집필의도
>
> ·시대적 필요성
>
> ·작가소개
>
> ·기존의 책들과의 차별성
>
> ·목차
>
> ·제목
>
>   (제목과 목차에 대한 짧은 설명 포함)
>
> ·예문
>
> ·원고 완성시기
>
> ·기타
>
> — 명로진 저, 『인디라이터』 발췌 —

기획서는 언제 써야 할까?

순서상으로는 당연히 책을 쓰고자 결정한 직후 가장 먼저 써야 한다. 그렇게 만들어진 기획서를 바탕으로 원고를 써내려가는 것이 가장 합리적이고 보편적인 순서다. 그런데 사람 마음이라는 게 그리 쉽지 않아서 기획서를 쓰는 것이 쉽지 않을 수도 있다. 그렇다면 기획서 쓰기를 조금 미루어도 된다.

지금 내 경우에는 기획서를 아직 완성하지 못했다. 책 전체 분량으로 볼 때, 지금쯤이면 원고 전체의 절반쯤은 썼을 텐데 말이다.

물론, 처음 강의를 기획할 때 쓴 강의 기획서는 있다. 지금은 그 기획서를 바탕으로 글을 쓰고 있다. 기획서에 관한 부분을 쓰다 보니 머릿속에는 써둔 강의 기획서와 다른 방향의 책 기획서에 대한 가닥이 잡혀간다. 아마 조만간 완성하게 되지 않을까 싶다.

기획서는 책을 소개하는 것만으로 그치지 않는다. 출판사에서 기획서를 검토하고 출판을 결정할 수 있을 정도로 매력적이어야 하고, 책의 내용이 궁금하고 읽고 싶은 생각이 들어서 빨리 책이 나오길 기대하게 만들어야 한다.

기획서를 얼마나 잘 만들었는가? 이것 하나만으로도 내 책이 세상에 모습을 드러내기 위한 준비를 마쳤다고 보아도 된다.

'책 쓰는 블로그'의 기획서는?

이 책의 뒤에 소개하도록 하겠다.

책 쓰는 블로그 플랜

책 한 권 분량의 글쓰기

성인이라면 살아오면서 무수히 많은 글을 써 본 경험이 있을 것이다. 학생 시절 숙제를 하느라 공책을 메운 것도 글쓰기이고, 혹은 밤잠을 설치며 연애편지를 쓴 것도 글쓰기다. 혹은 시인, 소설가를 꿈꾸며 습작을 해본 경험도 있을 것이고, 리포트나 논문을 작성해 본 사람도 있을 것이다.

그렇게 글을 쓴다는 것은 우리의 생활과 밀접한 관계를 갖고 있다. 컴퓨터가 발달하고 인터넷이 일상화되면서, 휴대폰이 필수가 되면서 우리는 더 많이 글을 쓴다. 문자 메시지가 일상화되다 보니 중·고등학생들은 한 달에 몇 백, 심지어 천 건을 넘게 문자를 보내기도 한다.

인터넷으로 뉴스를 보다가 덧글을 달기도 하고, 블로그를 운영하면서 글을 쓰기도 한다. 세상이 발달하면 할수록 우리는 더 많은 활자의 늪에 빠져 살게 되고 글을 쓰면서 살아간다.

이렇게 많은 사람들이 글을 소비하고 사는 세상에서 책 한 권을 쓴다는 것은 어떤 의미를 가질까?

우선 책 한 권의 분량이 어느 정도인지 대략 살펴보자.

서점에서 가장 흔하게 보는 크기인 국배판, 200~250페이지 정도 되는 분량을 기준으로 할 때, 실제 작가가 써야 하는 분량은 어느 정도일까?

보통 워드프로세서에서 11포인트 글자체, 행간 160% 정도를 기준으로 A4 100페이지 정도면 책 한 권이 나온다. 이 정도 분량을 완성하기 위해서 실제 작가는 120페이지 정도를 꽉꽉 채워야 한다. 그러면 교정을 거치면서 수정을 하게 되고 그러는 과정에서 100여 페이지 분량으로 맞춰지고 책 한 권의 분량이 만들어진다.

이걸 200자 원고지 분량으로 환산하면, A4 한 페이지가 원고지 5~8페이지 분량이 되니 100페이지를 기준으로 800여 장이 된다. 120페이지라면 대략 1,000장이 채 안 되는 정도의 원고지 분량이다. 결코 만만한 분량이 아니다. 책을 쓰고자 도전하려던 사람들이 제일 먼저 좌절하게 되는 부분이 바로 이 지점일 것이다.

그럼에도 불구하고 책을 쓰려고 하는 것은 책을 통해 찾게 되는 의미 때문일 것이다. 특정 분야의 전문가가 된다거나, 자신의 정보, 지식을 나누고 싶다거나, 또는 자신만의 독특한 경험을 알리고 싶을 수도 있을 것이다.

책을 쓰고 싶어 하는 사람은 책이라는 결과물을 통해 한 단계 더 성숙해지는 계기가 될 것이고, 그렇게 또 다른 자신을 만나는 기회를 갖게 될 것이다.

길고도 지루한 '책 쓰기'의 시간을 통해 우리가 얻고자 하는 것, 그것이 무엇인지는 사람마다 다르겠지만 공통적으로 꼭 넘어가야 할 산은 '책 한 권 분량의 글을 쓰는 시간'이라는 고지다. 지금 내가 '책 쓰는 블로그'라는 책을 쓰는 이 시간만큼을 당신도 투자하기 바란다. 그리고 그렇게 해서 만들어진 결과물, 책 한 권이 당신 앞에 놓이는 그 순간의 기쁨을 누리기 바란다.

자! 책 한 권 분량의 글을 쓰자. 지금부터……

한 가지 주제를 정해서 책을 쓰겠다고 마음을 먹는 바로 그 순간이 가장 의욕에 넘치는 시간이다. 머릿속에는 하고 싶은 말들이 마구마구 샘솟는다. '이런 말을 해야지', '내가 이 책을 써야 하는 이유는 바로……' 쉴 새 없이 솟아오르는 마르지 않는 샘물 같다.

그런데 막상 원고를 쓰려하면 무슨 말을 먼저 해야 할지, 어떻게 순서를 정하고 이야기를 전개해야 할지 막막해진다.

그럴 때 글을 전개하는 가장 쉽고도 빠른 방법은 내가 이 책을 써야 하는 이유, 이 책에서 내가 하고 싶은 말은 무엇인지 정리해 보는 것이다. 그런 내용은 보통 머리말에서 밝히는 게 일반적이다. 따라서 머리말을 쓰면서 자연스레 책의 전개 방향, 핵심 내용을 정리할 수 있다.

나 역시 이 책을 쓰기 시작하면서 제일 먼저 쓴 글이 바로 머리말이다. 머리말에 왜 이 책을 쓰려고 마음을 먹게 되었는지, 나를 둘러싼 주변 상황은 어떻게 변했고, 그로 인해 내 생각은 어떤 변화가 있었는지, 이 책을 쓰기로 마음먹게 된 계기에 대해 이야기를 했다. 또한 이 책을 쓰고 난 후 어떤 일을 계획하고 있는지, 나에게 그런 일들이 어떤 의미가 있는지까지……

꽤 많은 분량인데 제법 빨리 머리말을 써내려갔다. 아마 지금 쓰고 있는 원고 중에서 가장 빠르게 완성하지 않았을까 싶다.

우리 옛말에 '시작이 반'이라고 했다. 책의 제목을 정하고, 목차를 정리하고, 머리말까지 썼다면 사실 책 한 권 완성했다고 보아도 된다. 남은 건 마지막 페이지를 끝낼 때까지 멈추지 않는 것!

머리말은 서문이라고도 한다. 머리말의 사전적 의미는 어떻게 될까?

머리말 [명사]

1. 책이나 논문 따위의 첫머리에 내용이나 목적 따위를 간략하게 적은 글.

2. 같은 말 : 서론[1](序論)(말이나 글 따위에서 본격적인 논의를 하기 위한 실마리가 되는 부분). [유의어] 머리글, 서문[3], 서설[1].

- 네이버 국어사전 발췌 -

사전의 설명도 크게 다르지 않다.

내용이나 목적 따위를 간략하게 적거나, 본격적인 논의를 하기 위한 실마리를 제공하기 위한 내용으로 채우는 것이 머리말이다.

아무리 많은 분량의 글을 쓴다고 하더라도 머리말을 제대로 마무리하고 나면 그 다음부터는 그리 어렵지 않다. 원고를 쓰다가 방향을 잡지 못하겠다 싶으면 머리말을 다시 읽어보자. 처음 이 책을 쓰겠다고 마음먹었을 때 어떤 생각을 갖고 있었는지, 어떤 내용을 다루어야 하는지, 또는 불필요한 내용은 무엇인지 분명하게 확인할 수 있다.

만일 써둔 머리말을 다시 읽으면서 이런 내용에 대한 감을 잡을 수 없다면 그 머리말은 다시 써야 한다. 적어도 머리말을 쓴 작가 자신은 머리말에서 책의 전체 내용을 계속 확인할 수 있어야 한다. 책을 쓰기 위한 일종의 지도 역할을 머리말이 해주어야 한다.

제목, 목차 부분에 대한 이야기를 하면서, 언제든 수정이 가능하다는 말을 했다. 머리말 역시 마찬가지다. 처음 원고를 쓰기 시작할 때 쓰는 머리말은 다분히 감정적이 될 가능성이 높다. 하고 싶은 말이 두서없이 튀어나오고 제대로 정리가 되지 않는 상태로 머리말을 마무리 지을 수 있기 때문이다. 이렇게 쓴 머리말은 앞서 말한 지도의 역할을 제대로 할 수 없다.

학창 시절, 밤을 새워가며 연애편지를 써본 경험은 누구나 갖고 있을 것이다. 밤에 연애편지를 쓸 때는 진심을 담아 사랑을 노래했는데, 다음 날 그 편지를 들여다보면 얼굴이 화끈거리고 도저히 읽을 수 없는, 그래서 결국 부치지도 못하고 책상 서랍 속에 처박아버렸던 이유가 뭘까? 유치하고 낯간지럽고 도대체 말도 되지 않는 그런 내용…….

머리말을 쓰는 것도 똑같다. 아니, 책을 쓰는 것 자체가 바로 부치지도 못하는 연애편지를 쓰는 것과 다르지 않다. 그런데 그렇게 쓴 글을 책으로 만들어 세상에 내어 놓아야 한다.

방법은 하나다. 열심히 수정하고 다시 쓰는 것!

머리말을 쓰고, 다음 날 다시 읽어보고 수정하고, 원고를 쓰면서 다시 돌아가 보고…….

물론 책 전체를 이런 식으로 수정할 수는 없다. 아마 그렇게 하다가는 책을 영원히 완성하지 못하고 말 수도 있을 것이다.

하지만 머리말은 이야기가 다르다. 머리말은 자주 꺼내 읽어야 한다. 그리고 원고를 쓰는 도중에 글의 방향을 바꾸어야 하거나 중요한 변동 사항이 생겼을 경우, 머리말에 이런 내용을 밝히는 게 좋은지 판단해야 한다. 필요하다고 생각되면 수정을 해야 한다.

빈번한 머리말의 수정은 원고의 진행에 방해를 줄 수도 있다. 그렇다면 필요한 위치에 간단하게 메모를 해두는 방법도 있다. 어느 정도 시간이 지나고 난 후 머리말을 다시 정리하면 된다.

중요한 점은 머리말을 쓰는 것으로 책 쓰기가 시작된다는 것!

우선 한 꼭지만 완성하자

우리 선조들은 참 좋은 말을 많이 남겼다. 지금 떠오르는 말은 "시작이 반", "구슬이 서 말이어도 꿰어야 보배" 정도……

책을 한 권 내기 위해 우리가 꼭 지켜야 할 것도 저 두 격언이 아닐까 싶다.

무엇이든 일단 시작하고 나면 어떻게든 마무리를 짓게 되어 있다. 중간에 어쩔 수 없이 포기하는 경우도 있지만, 어떻게든 끝을 맺기 위해 노력하게 된다. 그런 의미에서 일단 시작하는 것만큼 중요한 일은 없다.

책을 쓰기로 마음먹고 제목을 정한다, 목차를 정리하고 자료를 수집한다……. 이 모든 것들이 책을 쓰기 위한 준비 과정이라고 한다면 본격적인 시작은 책 본문을 쓰는 것이라고 할 수 있다.

한 꼭지라고 부르는 양은 어느 정도일까?

소설이나, 철학 관련 도서는 조금 다르겠지만, 자기계발, 에세이 등의 분야는 읽기 쉽게 분량을 조절한다. 책을 펼쳐서 읽어나가다가 언제든 책장을 덮더라도 다음에 읽을 때 헛갈리지 않도록 하기 위해서일 수도 있고, 너무 긴 분량일 경우에는 읽기 부담스러워서일 수도 있어서겠지만 작은 제목 하나에 해당하는 글의 양은 별로 길지 않다.

워드 프로세서를 기준으로 하자면 A4 2페이지 정도 분량이면 한 꼭지가 된다. 조금 길게 잡아도 3페이지면 충분하다. 이 정도면 200자 원고지로 15매, 아무리 많아도 20매를 넘지 않는 분량이 된다.

큰맘 먹고 시작하는 책 쓰기, 첫 시작을 이정도로 한다면 부담스럽지 않게 시작할 수 있다.

'책 쓰는 블로그'의 경우에는 각 꼭지별 분량에 대해 나름대로 몇 가지 정해둔 기준이 있다. 우선 큰제목의 경우에는 가능한 한 한 페이지 정도로 간략하게 쓴다. 그런데 나름대로 필요성이 있어서 길게 쓰게 되는 경우에는 길이를 늘려도 된다. 단, 아무리 길어도 3페이지를 넘기지 않는다.

다음으로 작은 제목의 경우에는 한 페이지 반 정도로 정리한다. 길이가 길어질 경우에도 두 페이지를 넘기지 않는다.

이렇게 분량을 정해두고 글을 쓰면 좋은 점이 있다. 글 쓰는 시간을 따로 정할 수 없을 정도로 바쁘다고 해도 언제든 짬을 내서 써나갈 수 있다는 것. 지금 이 글을 쓰는 시간은 12시 30분, 점심시간이다. 1시에 강의를 위해 출발해야 한다. 잠깐 시간이 남아서 이 꼭지를 쓰고 있다. 일을 하면서 어떤 내용을 쓸지 머릿속으로 대강 정리를 하고, 필요하면 간단하게 메모를 한 다음, 짬이 날 때 목차를 보면서 쓰고자 하는 꼭지를 정하고 글을 쓰면 된다. 내 경우에는 이렇게 쓰면 빠르면 불과 이십여 분, 늦어도 삼십 분 정도면 한 꼭지를 완성한다. 물론 생각만큼 글이 나가지 않으면 오래 걸리기도 할 것이고, 중간에 접고 나중에 다시 쓰기도 하겠지만 말이다.

목차를 기준으로 무조건 첫 번째 제목부터 시작하지 않아도 된다. 필요하다면 제일 마지막 부분을 먼저 써도 된다. 목차는 완성된 책에서 글이 나열된 순서일 뿐, 작가가 글을 쓰는 순서는 절대 아니다.

블로그 연재 순서를 보면 알겠지만 '책 쓰는 블로그' 원고도 목차 순서와는 그다지 관계없이 진행된다. 가능하다면 목차 순서대로 원고를 쓰려고 했고, 블로그에 올리는 것도 목차 순서를 기준으로 올리고 싶었는데 그렇게 원고를 쓰다 보니 당장 막히는 작은 제목을 만나면 여지없이 키보드만 만지작거리고 있게 된다.

결국 목차를 훑어보다가 눈에 띄면서 내용이 떠오르는 작은 제목을 우선 정리하게 된다.

책을 쓰는 작가가 지켜야 할 유일한 원칙은 '책 한 권 분량의 글을 쓰고, 책으로 출간하는 것'뿐이다. 그 이외에는 어떤 것도 절대적으로 지켜야 할 원칙이 될 수 없다. 더구나 첫 시작을 목차의 순서에 얽매여 끙끙거리고 있다가는 책을 완성하기 전에 먼저 제 풀에 지쳐 나가떨어질 수도 있다.

이 꼭지를 시작할 때 썼던 격언 중의 나머지 하나, "구슬이 서 말이어도 꿰어야 보배"라는 말은 책을 써야 하는 이유가 될 것이다.

내 머릿속에 아무리 좋은 생각, 멋진 아이디어로 가득 차 있다고 한들 그건 그냥 생각이고 아이디어일 뿐이다. 누군가에게 설명을 하려면 얼마나 많은 말을 해야 할까?

그 좋은 생각과 멋진 아이디어를 누구나 믿을 수 있는 자료를 동원하여 차분하게 글로 풀어쓰는 것, 그것이 책 쓰기다. 내 머릿속의 서 말 구슬을 잘 꿰어 책 한 권을 만들자.

처음 쓰는 한 꼭지가 바로 그 첫 번째 구슬이 될 것이다.

일기 쓰듯 매일 쓰자

학창시절, 시험을 코앞에 두고 밤을 새본 기억이 난다. 물론 결과는 늘 신통치 않았다. 공부 잘하는 아이들은 밤을 새우며 유난을 떨지 않는다.

책을 쓰기 시작하면 마음이 조급해진다. 하루라도 빨리 탈고하고 싶고, 책으로 나온 모습을 보고 싶어 안달이 난다. 급한 마음에 무리해서 하루쯤 밤을 새울 수도 있다. 생각만큼 글이 나오지 않으면 애꿎은 커피를 축내기도 한다.

그렇게 며칠 시간이 지나고 나면 피로감에 젖는다. '내가 왜 이 짓을 하지?' 싶은 마음도 들고, 때려치우고 싶기도 하다. 그러다가 며칠 쉬자고 마음먹고 하루 이틀 지나다 보면 어느새 책 쓰기는 저만큼 달아나 버린다. 마음 한구석엔 풀리지 않는 찜찜함이 여전히 자리 잡고 있고……

책을 쓴다는 것은 꽤 오랜 시간을 투자해야 하는 작업이다. 며칠 반짝해서는 절대 끝을 볼 수 없다. 따라서 처음 시작할 때부터 잘 생각해야 한다. 자신의 하루 일과를 검토하면서 책 쓰기에 투자할 수 있는 시간을 정해야 한다.

앞서 이야기했듯, 자료 조사, 메모와 같은 일들은 언제든 짬을 내어 할 수 있다. 그렇게 정리한 자료와 메모를 펼쳐두고 원고를 쓸 시간을 정해야 한다. 사실 책 쓰기의 사전 작업이라 할 수 있는 자료 조사, 메모를 잘 활용하면 원고 작성에 많은 시간을 할애하지 않아도 된다.

흔들리는 전철 안에서, 길을 걸으면서 어떤 내용을 쓸 것인지, 전개는 어떻게 할 것인지 생각을 정리하고 나면 원고를 쓸 때 한결 편하다.

사전에 이런 작업을 해두지 않고 무턱대고 책상 앞에 앉았다간 멍하니 앉아서 시간만 속절없이 흘러가고 기껏 한두 줄 쓰고는 한숨을 내쉬게 된다.

어릴 적, 한두 번쯤은 일기를 써보았을 것이다. 사실 일기를 쓴다는 것도 쉬운 일은 아니다. 아무리 짧게 쓴다고 해도 매일 시간을 할애해서 몇 줄 글을 쓰는 것 자체가 힘든 일이기 때문이다.

일기를 꾸준히 쓰는 사람은 책 쓰기에 꽤 유리한 고지를 차지하고 있는 셈이다.

나 역시 일기를 매일 써본 기억은 별로 없다. 그냥 그날 있었던 일을 간단하게 메모 형식으로 몇 줄 적는 정도였다.

2011년 2월부터 시작한 〈딸에게 편지쓰기〉가 나로서는 유일하게, 매일 일정 시간 글을 쓰는 훈련이 되는 셈이다. 일 년을 넘겼으니 이젠 습관이 된 것 같다. 가끔은 '오늘 수민이에게 쓰는 편지엔 어떤 내용을 담을까?' 생각하기도 하고, 꼭 해주어야 할 말이 떠오르면 메모를 해두기도 한다.

아무리 바쁜 사람이라고 해도 짧은 문장을 휘갈길 시간은 있다. 그렇게 휘갈긴 문장 한두 개만 있어도 그날 쓸 원고 분량을 채우는 데에 아무런 무리가 없다.

왜 그런 내용이 떠올랐고, 메모를 해야 했는지, 그 메모에 어떻게 살을 붙일 것인지를 생각하고 정리하다 보면 한 꼭지 분량의 글은 충분히 만들 수 있다.

잠들기 전, 일기 쓰는 기분으로 자리에 앉아 그날 쓴 메모를 보면서, 그 글을 쓸 때 어떤 생각을 했었는지 정리를 하면 된다.

내가 블로그 강의를 하면서 꼭 강조하는 내용이 있다.

"블로그에 글을 올릴 때, 절대 하루에 몇십 개씩 벼락치기로 올리지 마세요. 몸만 지치고 질려서 더 이상 들여다 볼 엄두도 내기 힘듭니다. 더구나 그렇게 고생을 해서 몇십 개씩 올린다고 해서 내 블로그의 방문객들이 그 글들을 모두 읽어주지도 않습니다."

책이 출판되어 나오기만 한다면 책을 선택한 사람은 이 내용을 벼락 치듯 썼는지 매일 꾸준히 썼는지 알지 못한다. 어떻게 썼든 책이 만들어지면 된다.

블로그는 벼락치기하고 나서 질려서 손을 뗐다가도 나중에 다시 할 수 있지만 책 쓰기는 그렇게 질려서 손을 떼고 나면 다시 잡기 힘들다. 처음부터 다시 시작하는 것과 진배없기 때문이다.

한참 책 쓰기에 빠져 열중할 때는 모든 신경이 그 주제에 긴밀하게 반응한다. 길거리에서 지나치는 전단 한 장마저도 쉽게 보아 넘기지 않는다. 하지만 멈추었다가 다시 시작하려고 하면 그땐 내 몸이 그렇게 반응하지 않는다. 당연히 처음 쓰는 것보다 어렵다. 게다가 전에 써둔 원고를 꺼내 읽으면 고칠 것들만 눈에 띈다. 뜯어 고치다 또 질려버리면?

그렇게 다람쥐처럼 뱅뱅 돌고 말 수는 없는 노릇이다.

이제 일기를 쓰자. 그렇게 책 한 권을 만들자.

덧글도 확인하자

　내가 블로그를 이용해서 책을 쓰자고 하는 이유 중 하나는 바로 독자들의 반응을 미리 알 수 있다는 점이다. 블로그는 누구나 들어올 수 있는 곳이다. 내가 블로그에 원고를 올리면 누군가 들어와서 그 글을 읽는다.

　앞서 〈블로그 활용비법〉에서 블로그에 글을 올릴 때, 제목이나 태그를 잘 이용해서 검색 노출이 쉽도록 하자고 했고, 메타블로그에 등록해야 한다고도 했다. 트위터, 페이스북까지 충분히 써먹는다면 블로그에 올린 원고를 누군가는 읽어줄 것이다.

　읽은 이가 내 글에 공감을 한다면 추천을 하든, 다시 들어와 다른 글을 읽든 무언가 반응을 보일 것이다. 그리고 그런 반응 중에서 최고의 반응은 덧글이다. 응원의 글도 있을 수 있고, 반박을 할 수도 있으며, 자신의 의견을 남길 수도 있다. 물론 가끔은 악플도

달릴 수도 있다. 이런 덧글로 내가 쓰는 원고가 얼마나 독자의 마음을 움직일 수 있는지 가늠해볼 수 있다.

책을 낸다는 것은 그 책을 누군가 돈을 지불하고 구입하게 한다는 것이다. 그 돈만큼의 값어치를 해주어야 독자는 만족을 할 것이다. 만족스럽지 않다고 해서 다 읽은 책을 환불할 일이야 없겠지만, 적어도 그만큼 나는 작가로서 함량 미달일 수밖에 없다.

책을 쓰는 입장에서 독자를 염두에 두지 않는다는 것은 말이 되지 않는다. 어떤 작가도 자신이 쓴 책을 모두 모아서 창고에 쌓아두지 않는다.

설령 자서전을 써서 자비로 출판을 한다고 해도 그 책은 누군가에게 건네질 것이다. 친구에게, 동료에게, 가족에게라도 책을 건네게 마련이다. 단지 돈을 받지 않는 것일 뿐이다. 그런데 그 책을 읽는 사람이 처음부터 하품만 할 정도로 내용이 재미없고 형편없다면?

내 글을 읽는 사람들의 반응을 미리 확인할 수 있다면, 조금씩 원고를 수정할 수도 있고, 또는 책의 방향을 바꿀 수도 있다. 전혀 생각하지 못했던 부분을 추가해야 할 수도 있고, 정말 중요하다고 믿었던 부분을 통째로 들어내야 하는 일이 벌어질 수도 있다. 원고가 다 완성된 후에 이런 사태가 벌어진다면 참 힘 빠지는 일이다.

만일 출판사와 계약이 이루어져서 계약서를 쓰고, 계약금까지 받았다고 치자. 그런데 출판사에서 원고의 내용을 수정하자고 한다면 무턱대고 거절할 수만은 없다. 출판사의 의견이 무조건 옳다거나, 틀렸다고 말할 수는 없다. 하지만 출판을 책임지는 출판사에서 원고의 수정을 요구할 때는 분명 그만한 이유가 있을 것이다.

블로그에 원고를 올리면서 간혹 덧글이 달린다면 그것은 분명 내 원고에 대한 순수한 의견일 가능성이 높다. 가끔 스팸성 광고 덧글이 달리는 것은 빼고…….

열심히 원고를 쓰며, 덧글도 확인하자. 덧글의 내용을 꼼꼼하게 검토하고, 책에 대한 독자들의 반응을 상상해 보자. 덧글이 많이 달리면 더 좋다. 그만큼 생생한 의견을 참고할 수 있으니까 말이다.

정상적으로 유통되는 책을 만들건, 주위에 돌리기 위한 자비출판을 하건 상관없다. 내가 쓴 글이 얼마나 읽는 이의 마음을 움직이는지 고민하며 글을 쓸 수 있다면 얼마나 고마운 일인가?

책을 쓴다는 것은 내가 아닌 내 책을 읽는 독자의 마음을 빼앗기 위한 행위이다. 나 혼자 감동하고 눈물 흘리기 위해 책을 내지는 않는다는 말이다. 내게 마음을 빼앗긴 독자는 다음에 나올 내 책에 아낌없이 돈을 쓸 것이고, 그렇게 나라는 작가에게 박수를 보내줄 것이다.

내가 그런 작가가 될 깜냥이 되는지 알아보는 바로미터가 바로 덧글이다. 고맙다는 감사의 댓글도 잊지 말자.

쓰면서도 멈추지 않는 자료 조사

이 책을 읽으면서 차근차근 따라 오신 분이라면 지금쯤이면 적어
도 상당한 분량의 원고를 작성했을 것이다. 나 역시 서른여덟 개의
소제목 중에서 스물다섯 개째 쓰고 있으니 2/3 정도의 원고를 완성
한 셈이다.

꽤 오랜 시간 동안 원고를 쓰느라 시간을 보냈고, 그렇게 꾸준히
쌓여가는 글의 양에 제법 흐뭇한 마음을 느끼기도 하겠지만 또 한
편으로는 슬슬 할 말이 떨어져가고 있다는 불안감도 찾아오기 시
작한다.

또 한편으로는 글 쓰는 기간 동안 새롭게 알게 된 사실을 내 원
고에 반영해야 할지, 아니면 처음 쓰고자 마음먹었을 때 준비한 자
료만으로 써야 할지도 살짝 고민하게 될 수도 있다.

책은 특성상 한번 세상에 나오면 더 이상 수정, 첨삭이 불가능하다. 오랜 시간이 지나도 상관없는 장르의 책, 가령 소설, 시, 수필과 같은 분야는 영향을 덜 받겠지만 처세술, 업무 능력, 기능 설명 등의 실용 분야는 이야기가 다르다. 기껏 책을 세상에 내놓았는데 하필 그 시점에서 무언가 전혀 새로운 것이 등장해서 내가 쓴 내용이 외면당하는 사태가 올 수도 있다.

물론 하루아침에 세상에서 사라지지는 않겠지만…….

실용 분야의 경우에는 최대한 빠른 시간 내에 원고를 완성해서 책으로 만들어져야 한다. 게다가 함량미달이어서는 절대 안 된다.

힘들게 자료 조사를 해서 원고를 썼는데, 탈고할 때 즈음해서 그 분야의 흐름이 바뀌면 어떻게 할 것인가? 독자들의 외면을 받을 것을 뻔히 알면서 출간을 강행할 수는 없는 노릇이다. 물론 탈고를 하고 출판이 될 때까지 아무런 문제가 없을 수도 있다.

그럼에도 불구하고 우리는 계속 새로운 자료를 찾아야 한다. 새롭게 추가되는 자료 역시 적절하게 책 구석구석에 배치하여야 한다.

책을 쓰기 위해 처음 준비한 자료만으로 책을 쓰는 데에는 한계가 있게 마련이다. 원고를 쓰다 보면 부족한 자료가 눈에 띄게 되고, 허겁지겁 자료를 보충하기 위해 뒤져봐야 한다. 원고를 쓰는 시간을 제외하면 언제나 새로운 자료를 찾기 위해 노력해야 한다.

자료 수집과 공부는 책 원고 쓰기가 끝나는 순간까지 계속되는 게 맞다. 아니 원고를 완성해서 출판사에 넘긴 이후에라도 새로운 자료를 찾게 되고, 그 내용이 꼭 필요하다면 보충해야 한다. 인쇄

들어가기 직전까지 내 책을 완성하기 위한 노력이 계속되어야 한다.

자료 수집은 어떻게 하는 것이 좋은가에 대해서는 앞에서 언급을 했다. 내가 갖고 있는 모든 것을 자료 수집에 활용해야 한다. 필기구, 스마트폰, 컴퓨터, 도서관, 길거리에서 만나는 사람들과 심지어 상가의 간판까지, 책 주제와 관련된 것이라면 무엇이든 모으고 분류하고 정리해서 내 책의 거름으로 써야 한다.

정확하게 말하자면, 책을 쓰기로 마음먹은 그 순간부터 우리는 자료를 수집하며 살아야 한다. 지금 쓰고 있는 주제와 관련된 내용이라고 생각하고 모아둔 자료가 나중에 다른 책의 밑거름이 되어 전혀 새로운 책으로 만들어질 수도 있다.

지금 쓰는 책 한 권으로는 해야 할 말을 다 하지 못해서 또 한 권의 책을 내야 할 수도 있다. 책을 쓰다 보니 생각지도 못했던 주제가 떠올라 다음 책의 주제가 되기도 한다.

자료 수집은 언제까지?
내가 죽거나, 작가가 되기를 포기하는 그 순간까지!

책 쓰는 블로그 플랜

PART 6

책 만들기 전략

앞서서도 언급했지만, 우리의 책 만들기는 스스로 모든 걸 해결해 가며 책을 완성하는 것을 의미한다.

출판사에 원고를 보내고 채택되어서 책으로 나온다면 물론 좋은 일이다. 전문가들이 원고를 꼼꼼하게 검토해줄 것이고, 표지에 들어갈 그림도 예쁘게 만들어 줄 것이다. 하지만 이는 우리의 영역이 아니다. 우리에게 출판사는 단지 우리의 책을 인쇄하고 제본해서 책으로 완성하는 일부만을 담당하는 역할을 할 뿐이다. 따라서 원고는 물론이고 표지 및 내지 디자인, 추천사는 물론이고 책을 만드는 과정에 필요한 모든 것들을 스스로 해결해야 한다.

이 모든 것에는 돈이 들어가기 때문이다. 똑같은 책을 만들어도 최소한의 예산으로 가장 합리적인 책 만들기 과정이 되어야 한다.

인터넷에서 찾아서 확인해 본 자비출판 전문 출판사의 경우, 최소한 50부에서 많게는 1,000부 이상까지 다양한 패키지로 책 주문을 처리하고 있다. 물론 각각의 경우에는 출판사에서 제공할 수 있는 영역과 작가가 해결해야 할 부분까지 꼼꼼하게 설명하고 있다.

주문 부수, 비용에 따라 표지, 내지 디자인을 출판사에서 처리해주기도 하고, 작가의 몫이 되기도 한다.

처음 책을 쓰겠다고 마음먹었을 때는 표지 디자인도 직접 할 생각이었다. 나 역시 대학, 대학원에서 디자인을 전공했으니 못 할 건 없다. 그런데 원고를 쓰면서 '책의 얼굴인데 전문가에게 맡기는 게 낫겠다'는 결론을 내렸다. 출판사에 외뢰했고, 멋진 디자인이 만들어졌다. 현명한 결정이었다.

사실 책 표지 디자인은 꽤 까다로운 영역이다. 앞표지, 뒤표지, 책등, 책날개까지 모두 포함해야 하고, 책의 주제와 적절하게 어울려야 하며, 제목은 어떻게 표현할 것인지 고민해야 한다. 아무래도 경험이 없는 사람이 하기에는 쉽지 않은 부분이다.

자비출판 전문 출판사에서는 가장 많이 쓰는 워드프로세서에서 표지 디자인을 쉽게 할 수 있는 템플릿을 제공하는 경우도 있으므로 이를 이용해서 해결할 수도 있다.

또 하나 생각해야 할 것은 전자책 출판에 관한 부분이다.

몇 년 전부터 IT업계에서는 전자책 단말기를 꾸준히 발표하고 있다. 전자책 단말기는 기계적인 특성을 기준으로 할 때 몇 가지로 나뉜다.

우선, 기존의 컴퓨터(데스크톱, 노트북)에서 볼 수 있는 프로그램의 형태로 배포되는 경우다. 이 경우에는 별도로 기기를 구입하지 않아도 되고, 대부분의 프로그램이 무료로 배포되기에 비용이 들지 않는 장점이 있다. 아무래도 자유롭게 읽기에는 무리가 따른다는 단점이 있다.

다음은 최근 들어 가장 많이 사용하는 스마트폰을 이용해서 볼 수 있도록 앱 형태로 배포되는 경우가 있는데, 이 역시 별도의 비용이 들지 않거나 설령 유료라고 해도 1~2천 원 정도의 적은 비용으로 구입이 가능하다. 스마트폰은 항상 휴대하는 기기다 보니 이동하며 활용하기에도 좋다. 단점은 화면이 작아서 한 페이지에 많은 내용을 담기 어렵다는 문제가 있다.

스마트폰의 약간 다른 형태인 스마트패드가 최근 활발하게 활용도를 높이고 있는 추세이다. 일단 스마트폰에 비해 화면이 크기 때문에 웬만한 책 한 페이지를 그대로 표시할 수 있고, 아예 전용 앱으로 개발해서 멀티미디어 데이터까지 활용할 수 있는 장점이 있다. 미국에서는 아이패드에 학교에서 사용하는 교과서를 담는 프로젝트를 추진하고 있다고 한다.

아예 전자책 전용 단말기도 많이 선을 보이고 있다. 전자 잉크 방식을 채택하고 있는 이 단말기는 전자 잉크라는 특성이 장단점을 동시에 갖고 있다. 우선 밝은 태양아래에서도 전혀 무리 없이 읽을 수 있으며, 배터리 소모량이 극히 적다는 장점이 있다. 위에 언급한 스마트폰이나 스마트패드의 경우에는 충전이 불가능하다면 오래 가야 하루 이틀 이상 사용하지 못한다. 하지만 전자 잉크를 채택한 단말기는 페이지를 넘기는 경우, 즉 화면에 표시된 내용이 바뀌는 그 순간에만 전기를 소모하므로 전력 소비가 지극히 적다. 따라서 대부분의 전자책 전용 단말기는 배터리 소모량을 시간이 아닌 페이지 수로 표시한다. 최소한 몇천 페이지에서 몇만 페이지까지 가능하다고 하니 1~2백 페이지 수준의 책이라면 백여 권을 읽을 때까지 배터리 공급이 없어도 가능하다는 말이다.

최근에는 가격도 많이 저렴해져서 십만 원 이하의 제품도 등장하고 있으니 이를 활용하는 인구가 늘어날 것으로 충분히 예상할 수 있다.

이런 상황에서 전자책 전용 포맷으로 책을 출간하는 것을 고려하지 않을 수 없다. 기존 종이책에 비해 장점을 나열하자면, 우선 환경에 미치는 영향을 꼽을 수 있다. 종이책은 종이를 소비한다. 이를 위해 지구에서 베어내는 나무의 양이 얼마나 될지 상상할 수 있겠는가? 전자책 전용 포맷으로 책을 만든다면 이 종이의 소비량을 줄여서 환경 파괴를 막을 수 있다. 종이가 들어가지 않고, 인쇄 과정이 생략되니 제작 단가도 엄청나게 줄일 수 있다. 전자책이 종이책 시장을 잠식한다는 위기감과 함께 해결해야 할 문제들 때문에 아직 시장이 활성화되지 않고 있기는 하지만 장기적으로는 꾸준히 전자책 시장이 확대될 것이다.

종이책은 일정 기간이 지나면 절판되어 구입할 수 없는 경우가 대부분이다. 아무리 많이 팔린 베스트셀러라고 해도 언젠가는 팔리지 않는 때가 올 것이며 그때에는 당연히 출판사에서도 공급을 그만둘 것이다. 이렇게 되면 중고로 구하는 것 말고는 책을 구할 방법이 없다.

하지만 전자책은 절판이라는 개념 자체가 없어질지도 모른다. 출판사에서 한 번 만들어서 판매를 시작하게 되면 아무리 많이 팔린다고 해도 제작 초기 비용을 제외하고는 큰돈이 들지 않는다. 따라서 출판사, 작가가 의도적으로 해당 파일의 배포를 막는다면 모를까 절판이 될 이유가 없다.

우리가 책을 내야 할 이유가 무엇이든 전자책 출판은 쉽게 넘길 수 있는 부분이 아니다.

　　원고 수정은 분명 책을 쓰는 과정에 포함되는 내용이다. 최종 수정을 마쳐야 비로소 책 한 권 분량의 글쓰기가 완성되는 것이니까 말이다. 하지만 원고 수정은 기한이 없다. 최종 인쇄에 들어가기 직전까지 수정을 할 수 있다. 물론 출판사 담당자께서는 짜증을 있는 대로 내시겠지만 말이다.

　　원고를 쓰다 보면 앞서 써둔 내용을 들여다보게 되는 경우가 많다. 수시로 찾아보게 된다. 그런데 앞서 써둔 내용을 읽다 보면 눈에 거슬리는 내용을 만나게 된다.

　　단어 한두 개가 마음에 들지 않을 수도 있고, 문장을 통째로 들어내고 싶을 때도 있다. 그런데 그런 부분을 만날 때마다 손을 대다 보면 정작 진도는 나가지 못하고 계속 앞서 쓴 내용 언저리에서

맴을 돌게 된다.

꽤 오랜 시간 원고와 씨름을 했는데 정작 한 페이지도 더 늘지 않는 경우도 많다. 글이 안 풀려서 그렇다면 이해할 수 있지만, 쓴 내용을 만지작거리느라 시간을 허비했다면 참 힘 빠지는 일이다. 게다가 그렇게 수정을 했는데, 막상 나중에 보니 처음 쓴 것이 더 낫다면, 그야말로 헛심을 쓴 꼴이 된다.

원고를 수정하는 방법에 대해서는 보통 이렇게 말한다. "일단 원고를 완성하기 전까지는 앞으로 돌아가 들여다보지 마라. 일단 완성한 후에 수정을 해라."

맞는 말이다. 원고를 쓰면서 맥락을 확인하기 위해 돌아가서 보아야 한다면 어쩔 수 없겠지만, 원고를 쓰다가 괜히 앞으로 페이지를 넘기다 보면 눈에 거슬리는 글을 만나게 되고 그러면 손을 대게 된다. 수정을 나중에 하겠다고 눈에 띈 걸 무시하고 글을 쓰자니 '나중에 수정할 때, 이 부분을 발견하지 못하고 넘어가면 어쩌지?' 하는 생각에 글 쓰는 데 집중하지 못한다.

나는 이럴 때 그냥 삭제, 수정하지 않는다. 어차피 수정이라는 작업은 피할 수 없다. 따라서 본격적으로 수정할 때 제대로 하면 된다. 고치고 싶은 부분에 밑줄을 긋거나 색을 바꾸어 표시를 하고 뒤에 괄호를 넣어 수정하고 싶은 내용을 추가해 둔다. 원고 탈고 후, 수정할 시간이 되면 처음부터 꼼꼼하게 살피면서 수정작업을 한다. 그때, 이렇게 표시된 부분을 만나면 내용을 본격적으로 뜯어고치는 것이다.

또 하나의 문제는 수정을 하면서도 확신이 서지 않는 경우다. 혹시 나중에 원래 것이 더 낫다고 생각된다면 어떻게 하지? 다 지워버리고 난 다음, 원래 것으로 돌아가고 싶은데 기억도 나지 않는다면?

원고의 수정에 정답은 없다.
내가 주로 사용하는 방법을 정리해 보자.

1. 완전히 삭제하는 편이 낫다고 판단되는 내용은 과감하게 지운다.
2. 지우기는 하는데, 아깝다고 생각되는 문장은 따로 복사해서 별도의 파일을 만들어서 보관한다. 혹시 나중에 다른 곳에서 써먹을 수도 있으니까…….
3. 수정을 하기는 하는데, 확신이 서지 않는 부분은 지우지 않고 줄을 긋거나 색을 바꾸어 두고 뒷부분에 괄호를 넣어 바꾸고 싶은 내용을 적는다. 또는 반대로 수정한 글 뒤에 원래 내용을 남겨둔다. 원고를 출판사로 넘기기 직전 이런 부분들을 다시 검토하면서 정리한다.

예전, 대학 교재로 사용하기 위해 책을 쓸 때도 이런 방법을 사용했었다.

포토샵 설명을 위해 꽤 많은 분량의 글을 썼는데, 나중에 수정할 때 보니 교재를 보게 될 학생들의 수준에 비해 너무 전문적인 내용이었다. 삭제하는 편이 나은데, 지우자니 아깝다고 생각되는 부분들이 많았다.

이런 부분을 모두 모아서 별도의 파일로 만들어 두었다가 다음 교재를 쓸 때 확인하면서 필요한 내용을 넣어 완성했었다.

내 손끝에서 완성된 문장이니 잘 보관해 두면 언제고 써먹을 수 있다. 또는 직접 책의 내용으로 써먹지는 못할지라도 책을 쓰는 과정에서 도움이 되는 내용일 수도 있다.

수정 작업은 원고를 쓰는 작업만큼 중요하다. 소설가 한승원은 그의 『글쓰기 교실』이라는 작품에서 "절망하여 글을 쓴 뒤, 희망을 가지고 고친다."고 했다. 원고를 쓰는 내내 자신의 형편없는 필력에 절망을 하며, 다 쓴 원고를 몇 번이고 뜯어 고치면서 조금씩 희망을 갖게 된다는 말이다. 이렇게 세 번, 네 번씩 원고를 다시 썼다고 한다.

평생 소설 쓰기를 업으로 삼고 사는 소설가도 이런데 우리처럼 이제 막 책 쓰기에 도전하는 사람들이야 더 말해 무엇 하겠는가? 그러므로 책을 쓴다는 것은 정작 원고를 쓰는 것보다 다 쓴 뒤 고치는 작업이 더 중요하다.

중요한 이야기이므로 다시 한 번 정리하자.

1. 원고를 쓰는 내내 자신의 형편없는 글 솜씨에 가슴을 쳐야 한다. 그렇다고 중간에 붓을 꺾어서는 절대 안 된다.

2. 다 쓰기 전까지는 절대 수정하지 않는다. 도저히 두고 볼 수 없는 부분이 신경 쓰이게 한다면 지우지 말고 수정하고 싶은 부분을 별도로 추가해 둔다.

3. 다 쓰고 나면 다시 처음으로 돌아가서 꼼꼼하게 살펴본다. 그리고 수정을 한다.

4. 최종 원고를 출판사로 넘기기 전까지는 수정 내역을 삭제하지 않고 남겨둔다.

출판 프로세스 알기

책 한 권이 세상에 나오기까지 과연 어떤 과정을 거칠까? 출판사에 따라 조금씩 다르기는 하겠지만, 크게 보면 대부분 비슷한 단계를 거친다.

간단하게 정리하면 아래와 같다.

1. 원고 완성(투고, 또는 출판사 의뢰에 의한 집필 등)
2. 출간 기획 / 일정 수립
3. 디자인 착수
4. 원고 샘플 작업(본문 편집 등)
5. 원고 편집
6. 교정
7. 화면 대조 수정

8. 카피 및 제목, 디자인 완성

9. 필름 출력 및 확인 / 지류 선택 및 인쇄 의뢰

10. 보도자료 및 소개 글 작성

11. 출고 및 마케팅

자비출판의 경우에도 전체적인 작업 프로세스는 크게 다르지 않다. 다만 출판 부수가 상대적으로 적은 경우, POD(Publish On Demand)로 진행하게 되는 경우가 많다. POD의 경우에는 대부분의 작업을 온라인으로 처리하고, 소량 인쇄에 적합하므로 비용을 낮출 수 있다.

자비출판은 일차적으로 책의 발행 규모, 판매 여부 등 모든 사항을 작가가 결정하고 그 결과에 따른 책임도 스스로 져야 한다. 따라서 객관적으로 자신의 원고를 평가하고 진행해야 한다.

최근 자비출판에도 다양한 서비스 상품을 개발하여 선택의 폭이 넓어지고 있는데, 이는 POD가 그만큼 넓게 확산되고 있음을 의미한다.

비매품으로 출간하는 경우에는 작가 스스로 원하는 발행 부수를 정하고, 출판 비용을 부담하게 된다. 최종 인쇄가 완료되면, 출판사 보관용, 국립중앙도서관 납본용 부수를 제외한 나머지를 작가가 인수하게 된다. 이 경우, 최소 출판 부수는 출판사마다 다른데, 적게는 50부에서 100부 수준이면 주문이 가능하다.

만일 서점 유통을 통한 판매를 염두에 두고 책을 내고자 한다면 보다 꼼꼼하게 살펴보아야 한다. 보통 300부 이상 주문을 하면 서점 유통을 지원하게 된다. 대부분의 출판사는 온라인 서점 입점 및 오프라인 유통망 연계를 통해 책을 판매할 수 있는 시스템이 갖추어져 있다. 하지만 모든 출판사가 동일한 유통망을 공유하는 것이 아니므로, 자신이 출간하고자 하는 책의 분야와 출판사의 유통망이 잘 조화될 것인지도 생각해 보아야 할 부분이다.

인터넷 서점의 경우에는 큰 차이가 없겠지만, 오프라인 유통망은 출판사마다 조금씩 다르다. 책의 주제가 특정 지역과 관계된 내용이라면 해당 지역에 유통망을 확보하고 있는 출판사인지 알아보아야 할 것이다.

자비출판의 경우, 판매 여부와 관계없이 모든 인쇄 비용을 작가가 부담하고, 책의 판매에 따른 수입 역시 작가가 모두 가져가는 경우도 있고, 초기 출판 비용, 또는 제작 비용의 일부를 작가가 부담하고 이후 판매에 따른 추가 비용은 출판사에서 부담을 하는 대신 작가는 일정 비율의 인세를 지급받기도 한다. 이 경우의 작가 인세 비율은 기존 출판사에 비해 높은 편이다. 최근, 자비출판 출판사 한 곳에서는 초기 비용은 작가가 부담을 하고 추가 제작에 들어갈 경우에는 선인세를 지급하는 출판 서비스를 출시하기도 했다.

책을 출간하는 것 자체가 쉬운 일은 아니지만, 특히 자비출판의 경우에는 출판사마다 비용, 출판사의 업무 범위가 제각각이므로 꼼꼼히 비교하고 선택해야 한다. 일반적인 출판사와 달리 자비출판의 경우, 인터넷을 이용하여 작가와 소통하는 시스템이 갖추어져 있으므로 이를 잘 활용하면 많은 정보를 찾을 수 있다.

검색을 통해 자비출판 전문 출판사를 찾아서 비용 및 필요한 정보를 확인한 후, 꼼꼼하게 비교 검토하고, 필요하다면 메일, 게시판, 전화, 방문을 통해 확인하도록 한다.

팔 것인가, 말 것인가

자비출판의 경우, 가장 심각하게 고려해야 할 것은 무엇일까?

우선 생각할 것은 당연히 예산이다. 마음 같아서야 많이 찍어서 서점에 배포, 판매를 하고 싶지만 그러자면 돈이 많이 든다. 지금 쓰고 있는 책이 과연 시장에서 독자들의 선택을 받을 만한 내용인지 냉정하게 따져봐야 한다.

만일 내가 살아온 과거를 돌아보는 내용, 즉 자서전을 한 권 썼다면 과연 그 책을 돈 주고 살 사람이 얼마나 될까? 유명 인사라면 이야기가 달라지겠지만, 일반적인 경우에는 팔릴 가능성은 없다고 보아야 한다.

업무에 관한 노하우를 책으로 썼다면 이야기가 조금 달라진다. 많은 사람들이 관심을 가질 만한 내용이라면 판매를 고려해도 될 것이다. 물론 이 경우에도 홍보 방법을 고민해야 할 주체도 나 자신이다.

〈책 쓰는 블로그〉를 쓰고 있는 지금, 나는 여전히 팔 것인가 말 것인가를 고민하고 있다. 이 책의 주제는 분명 많은 사람이 관심을 가질 만한 내용이라고 확신하고 있다. 문제는 내용의 질이, 작가로서 나의 프로필이, 또는 내가 미처 생각하지 못하는 많은 요소가 이 책의 상품성을 떨어트리지는 않을까? 하는 부분에 있다.

일단 완성하고 출판하기 전에 출판사와 상의를 해서 상품성을 높일 수 있는 방법을 찾아볼 계획이다. 책을 많이 내본 경험이 있는 출판사라면 당연히 이런 부분에 대해 조언을 해줄 수 있을 것이다.

책을 판다는 것은 독자의 지갑을 열고, 책값을 지불하게 만드는 것을 의미한다. 물론 내용이 수준에 못 미친다고 해도 누군가는 책을 살 수도 있다. 하지만 구입한 책이 기대에 미치지 못한다면 절대 다음 책을 팔 수 없다. 당연히 수준미달의 책을 구입하는 독자도 많지 않을 것이고…….

'팔지도 않을 책을 뭐 하러 내지?'라는 의문을 가질 사람도 있을 것이다. 하지만 책을 낸다는 것은 그 책이 팔리느냐 아니냐와 상관없이 작가 자신에게는 중요한 의미를 갖는다. 책을 내는 것이 지금보다 훨씬 어렵고 돈도 많이 들어가던 시절에도 자비출판은 분명 존재했다. 그것이 존재했다는 말은 그만큼의 가치를 갖고 있다는 말이고, 판매 여부와는 관계없이 책을 출간하는 것 자체가 중요한 목적인 경우도 있다.

우리처럼 평범한 사람이 자서전을 내고 싶어 하는 이유는 무얼까? 한 사람의 인생은 그가 유명하든, 그렇지 않든 중요하다. 어느 누구도 다른 사람의 삶을 대신 살 수는 없는 것이고, 몇십 년 평생을 살아온 삶의 궤적은 분명 한 사람의 인생이라는, 돈으로는 절대 환산할 수 없는 가치를 갖는다.

'사람은 죽어서 이름을 남기고, 호랑이는 죽어서 가죽을 남긴다.' 고 했다. 자서전을 쓴다는 것은 내가 살아온 평생을 정리하고 나의 이름을 남기는 행위다. 세상 그 누구도 알아주지 않는 무명씨 한 사람일지라도 그는 분명 한 가족의 구성원이고, 그 가족에게는 세상에서 가장 큰 의미가 된다.

부모에게, 자녀에게, 부부 사이에 그 누가 무명씨 한 사람의 자리를 대신할 수 있을까? 내가 살아온 삶을 책으로 남기는 것은 어쩌면 가장 큰 의미를 갖는 사람들에게 가장 큰 선물을 남기는 행위일지도 모른다.

책을 내는 것은, 그것이 팔리거나 그렇지 않거나 상관없이 책을 낸다는 것만으로도 충분히 가치 있는 일이다.

지인 중에 자신의 삶과 취미를 책으로 내고 싶어 하신 분이 있다. 그분은 책 한 권 분량의 원고를 완성하고 여러 출판사 문을 두드렸지만 그의 원고를 책으로 내주겠다는 출판사를 만날 수 없었다. 그분의 마지막 선택은 자비출판이었다. 아예 직접 출판사를 차렸다. 그리고 책을 냈다. 그 출판사는 지금까지 딱 한 권, 그분의 삶과 취미를 다룬 그 책 한 권만을 내고 더 이상 출간 실적이 없다.

책이 나온 후, 한 권 선물을 받아서 읽어보았다. 정말 재미있었다.

한국과 미국을 넘나드는 그의 삶이, 그토록 힘들게 살면서 스트레스를 해소하는 유일한 수단이었던 그분의 취미가 그토록 재미있을지 몰랐다. 문제는 이 책을 서점에서 찾을 수 없다는 점이다. 물론 검색을 하면 결과에 나오기는 한다. 인터넷 서점에서 팔기도 한다. 홍보가 전혀 이루어지지 않고 있다는 게 문제다.

스스로 책을 낸다는 것은 쉬운 문제가 아니다. 이 책을 팔 것인지, 말 것인지 결정하는 것조차 쉽지 않다. 나 자신이, 내가 쓰고 만든 책이 상품으로서 가치가 있는지, 사람들에게 책값만큼의 의미를 돌려줄 수 있는지 고민해야 한다. 그리고 그 고민은 철저한 자기 분석, 자기반성에서 시작하는 것 아닐까?

만일 사전에 출판사와 협의가 되어서 책을 쓰는 경우라면 출판사가 바뀔 일은 없을 것이다. 또한 책을 쓰는 중에 출판사에서 섭외를 해온 경우라고 해도 마찬가지로 바뀔 일은 없을 것이다.

사전에 기획서라도 미리 완성해서 원고를 쓰는 짬짬이 메일로 출판사에 검토 의뢰를 하고, 그중에서 원고에 관심을 보이는 출판사를 만난다면 정말 행복할 게다. 조금 더 큰 부담감을 갖고 열심히 쓰기만 하면 된다. 계약금이라도 받았다면 그 부담감은 훨씬 커질 것이고……

내가 쓴 원고에 많은 출판사에서 관심을 보여준다면 그중에서 어떤 출판사를 고를 것인지 깊게 생각해야겠지만, 그런 경우는 가뭄에 콩 나듯 하지 않을까 싶다.

어쨌든 이렇게 출판 섭외를 받았다고 한다면 계약서에 사인을 하기 전에 최소한 어떤 출판사인지 정도는 파악해보는 게 순서다. 지금까지 출간한 책은 얼마나 되는지, 주로 어떤 분야의 책을 내는지 정도는 인터넷 서점에서 몇 번만 검색하면 금방 파악할 수 있다.

예상 출간 일자는 언제쯤인지도 파악할 수 있다면 알아두도록 하자. 작가들 중에는 이런 말을 하는 분들도 있다. "내 손을 떠난 원고는 잊어라. 그게 정신 건강에 이롭다. 그리고 만일 반년 이상 기다렸는데도 소식이 없다면 확인을 해보라. 그때까지도 출간 계획조차 잡지 못했다면 담당자와 만나보라. 출판사의 사정으로 출간 자체가 물 건너갈 수도 있으니까 말이다."

물론 책이 출간된 이후, 얼마나 마케팅을 지원해줄 수 있는지에 관한 부분도 확인해보자.

다음은 자비출판의 경우를 짚어 보자.

자비출판도 어차피 책을 내는 것이므로 작가의 입장에서 꼼꼼하게 확인해봐야 한다. 인터넷 검색, 또는 수소문을 통해 자비출판 경험이 풍부한 출판사를 찾아야 한다. 자비출판의 경우에는 비용 지출이 필요하므로 더 꼼꼼히 확인해야 한다.

총 발행 부수, 서점 판매 여부와 같은 부분을 미리 결정하고 난 후, 각 출판사에 문의를 한다. 요즘엔 인터넷 홈페이지에서 대부분의 정보를 확인할 수 있으므로 대략적인 예산을 잡는 데 필요한 내용은 충분히 알 수 있다.

같은 발행 부수라고 해도 선택 사항에 따라 비용은 달라질 수 있다. 표지 디자인, 내지 디자인, 종이, 내지 색상, 본문 이미지 개수

등, 가격에 영향을 미칠만한 요소는 많다. 따라서 대략적인 금액을 확인한 후에는 필히 세부적인 내용을 확인해야 한다. 이때에는 홈페이지의 정보가 아니라 담당자와 직접 연락을 취하는 편이 좋다.

원고 분량이 어느 정도인지, 사용할 이미지는 모두 얼마나 되는지, 칼라인지 흑백인지, 판형은 어느 크기로 할 것인지…….

사전에 자신의 원고에 대해 철저하게 분석을 한 후, 담당자에게 전화를 하든, 메일을 보내든 해서 견적을 받아보도록 하자.

현재 판매 중인 책은 어떤 것이 있는지도 미리 파악해서 한번쯤 확인해보는 것이 좋다.

내 경우에는 대학 교재로 사용할 포토샵 사용설명서인데 흑백으로 출간된 적이 있다. 사전에 확인을 제대로 하지 못한 덕분에 책이 나온 후에야 그런 사실을 알게 되었다. 원고를 쓰면서 서점 판매를 염두에 두고 있었기 때문에 꽤 많이 신경을 썼는데, 결국 서점 판매는 포기하고 수업 교재로만 사용해야 했던 아픈 경험을 했다.

사실 이렇게 말도 안 되는 경우를 당한 것은 당연히 내 잘못이다. 핑계를 대자면 그 당시 나는 오로지 원고만 잘 쓰면 되는 줄 알았다. 그러고 나면 나머지 모든 것은 출판사에서 알아서 해주는 줄 알았다.

하지만 책을 출판하기로 한 출판사는 대학 교재만 전문적으로 취급하는 곳이었다. 일반서점 유통 없이 대학에만 공급하다 보니 가능한 한 비용을 낮추려 하였고 결국 흑백 포토샵 교재라는 엄청난 결과물을 세상에 내놓게 된 것이다.

이렇게 어이없는 결과를 받아들지 않으려면 결국 작가 스스로 부지런해야 한다. 다른 것도 아니고 내가 오랜 시간 공을 들여 고생한 원고가 책이라는 옷을 입고 세상에 나와야 하는데 대강 넘길 수는 없는 일이므로…….

출판사 결정…….

이래저래 작가가 신경 써야 할 것들은 늘어만 간다.

책 쓰는 블로그 플랜

PART 7

작가 데뷔 성공 전략

공식적으로 작가로 등록하는 방법이 있을까?

일반적으로 책을 출판하면 국립중앙도서관에 2부를 납본하게 된다. 그러면 내가 출간한 책이 국립중앙도서관에 영구 보존되는 것이고, 이쯤 되고 나면 스스로 작가라고 말을 해도 된다.

하지만 이것만으로 작가라고 인정받기에는 뭔가 모자란 감이 있고 찜찜하다. 어렵게 책을 냈는데, 기왕이면 성공적으로 작가 데뷔를 해서 인정을 받아야 할 것 아닌가? 책을 낸다는 것이 얼마나 어려운지, 원고를 쓰는 것조차도 쉽지 않다는 것을 아실 것이다. 그렇다고 한다면 그 어렵게 이룬 결실을 보다 풍성하게 만들어야 하고, 당당하게 "나, 작가요!" 할 수 있어야 하지 않을까?

작가로 인정받으려면 적어도 내가 낸 책이 어느 정도 판매는 이루어져야 한다. 책이라고 하나 출간을 했는데, 인터넷 검색 결과도

초라하고, 아무리 뒤져봐도 독자의 리뷰 하나 찾기 어렵다면 아직 제대로 작가 데뷔한 것이라고 말할 수 없다.

출간한 책이 입소문을 타고 널리 퍼져서 많은 이들에게 알려지고, 책도 완판되어서 다시 찍고, 인터넷에서는 줄줄이 리뷰가 올라오고, 제법 이름 있는 언론사에서 작가 인터뷰도 하고, 방송에서 '금주의 신간' 코너에 소개도 되고……. 이쯤 되면 성공적인 작가 데뷔라 불릴 만하다. 결코 쉽게 도달할 수 있는 고지는 아니지만 말이다.

그렇다고 손을 놓고 있을 수만은 없다. 남들이 차려놓은 밥상에 숟가락을 얹을 수 없다면 나 스스로 내 숟가락 얹을 밥상을 차려야 한다.

책도 내 힘으로 냈으니 파는 것도 내 힘으로, 작가로 인정받는 것도 나 스스로 하자.

1. 어쨌든 책 많이 팔기.

2. 작가로 인정받기

3. 작가로서 나만의 브랜드 구축하기

이 정도만 해낸다면 이미 우리는 훌륭한 작가다. 아마 다음 번 책은 자비출판이 아니라 출판사에서 먼저 책 한 권 내달라고 섭외해 올지도 모른다.

내 책은 내가 팔아 치운다

어렵고도 긴 시간을 지났다. 원고는 완성되어서 출판사로 넘겼고, 이제 책이라는 모양새를 갖춰 나오기만 하면 된다. 모든 것이 끝났을까? 출판사에 전화해서 언제쯤 나오는지 확인만 하면 될까?

이 시점에서 우리는 또 다른 고민을 해야 한다.

지금쯤이면 책을 팔 것인지, 말 것인지에 대해 결정을 했을 것이다. 팔지 않기로 결정했다면 단지 책이 나오기만 기다리면 된다. 출판사에서 완성된 책을 받으면 그 동안 원고를 써오던 블로그에 책 사진을 찍어서 간단한 소감을 올리는 정도면 될지도 모르겠다. 비록 판매용은 아니라도 널리 알려야 하는 이유가 있다면 역시 적극적인 홍보가 필요하다. 비매용 책을 냈다면, 출판사에서 책을 납품받는 것으로 더 이상 출판사와 협의해야 할 일은 없을지도 모른다.

넘겨받은 책에 심각한 하자가 있다면 모르지만 말이다. 그렇다면 더욱 스스로 해결해야 한다.

판매를 하기로 결정하고 출간을 했다면 지금부터가 정말 중요하다.

만일 출판사에서 섭외를 받고 원고를 썼고, 그래서 책이 나오는 경우라고 한다면 출판사에서 어느 정도 마케팅을 진행하는 것이 일반적이다. 보도 자료의 배포, 온라인 서점에 보낼 소개 글 작성 등의 작업과 함께 출판사 나름대로의 마케팅을 진행한다. 하지만 출판사에서 출간하는 책이 많다면 상대적으로 집중적인 홍보는 힘들다고 봐야 한다. 어느 정도 판매가 이루어지고, 출판사에서 '이거 잘 팔리겠구나!'라는 판단을 했다면 보다 적극적으로 마케팅을 진행할 수도 있겠지만……

따라서 작가 스스로 홍보를 진행할 필요가 있다.

자비출판의 경우에는 보다 적극적인 홍보 전략을 수립해야 한다. 자비출판을 통해 책이 나오면 일단 출판사에서 온라인 서점, 서적 유통망을 통해 책을 배포하는 부분은 책임을 진다. 하지만 홍보에 관한 부분은 처음 계약할 당시 별도로 명시하지 않았다면 출판사의 책임을 물을 수 없다.

최근 SNS의 바람이 세차다. 나는 트위터를 자주 이용하는 편이고, 팔로어 숫자도 적은 편은 아니다. 최근 나의 팔로워 목록을 확인하다 보면 정치인, 특히 19대 총선에 출마할 후보가 많이 눈에 띈다. 정당에서 후보 선정 평가 항목에 트위터 이용지수라는 부분을, 복잡한 계산식으로 산출, 점수화해서 포함하겠다고 해서 이슈가 되기도 했다.

트위터에 들어가서 보면 정치, 사회 분야의 예민한 주제에 대해서는 상당히 활발한 토론이 벌어지고 있고, 가끔 감정이 격해져서 싸움으로 번지는 경우도 눈에 띈다. 또한 다양한 홍보 문구도 눈에 띈다. 쇼핑몰, 회원 모집과 같은 다양한 홍보를 볼 수 있다.

SNS는 스마트폰을 통해서 실시간으로 확인이 가능하다는 특징이 있다. 그러다 보니 보다 적극적으로 홍보에 이용하고 있다. 문제는 무분별하고 트위터 이용자들의 공감을 얻기 어려운 글도 많이 올라오고 있다는 점이다.

자비출판을 통해 책을 출간한 경우, 트위터는 꽤 유용한 홍보의 장이 되어준다. 실제로 트위터를 통해 신간을 안내하는 경우가 종종 눈에 띈다.

우리는 원고를 블로그를 통해 연재해 왔다. 블로그 방문객이 어느 정도인지는 사람마다 다르므로 효과를 일괄적으로 말할 수는 없지만, 적어도 내 블로그를 찾아온 사람이라면 내가 책을 준비하고 있다는 사실만큼은 알고 있을 것이다.

즉, 우리가 블로그에 원고를 써서 올리는 행위 자체가 일종의 사전 홍보 역할을 해준 셈이다. 블로그에 원고를 올리면서 매번 메타블로그에도 등록을 하고, 검색 결과 노출에도 신경을 써야 한다고 말한 이유가 바로 이 때문이다.

책을 출간하고 나면, 우선 블로그에 꼼꼼하게 책에 대한 내용을 포스팅한다. 주위에 블로그 활동을 적극적으로 하는 사람이 있다면 리뷰를 부탁할 수도 있다. 만일 카페 활동을 하고 있다면 자주 가는 카페를 통해 알릴 수도 있고, 직접 카페를 운영하고 있다면 보다 적극적으로 알릴 수 있는 기회가 된다.

이렇게 다양한 채널을 통해 책에 대한 상세한 정보를 개제한 후, 이를 트위터를 통해 알리는 방법을 추천한다. 트위터에 단순하게 책의 출간 사실만을 알리는 홍보는 이용자들이 관심을 가질만한 깊은 정보를 알리기 어렵다. 따라서 작가 스스로 다양한 공간에 책에 대한 소개를 꼼꼼하게 한 후 이를 SNS를 통해 널리 퍼트리는 방법이 가장 효율적인 홍보가 될 것이다.

주로 트위터의 경우만 예를 들었지만, 페이스북이나 미투데이와 같은 서비스를 이용할 수도 있다. 또한 언론에 배포할 보도 자료를, 아예 기사 형식으로 작성해서 각 언론사에 보내는 것도 좋은 방법이다. 메일로 보내면 큰 시간과 노력을 들이지 않고도 가능하다. 물론 보낸다고 해서 전부 기사로 채택되는 것은 아니지만, 여러 군데 보내서 그중 한 군데라도 채택되어 기사화된다면 좋은 일 아니겠는가? 사람들은 광고보다 기사를 더 신뢰한다. 설령 그것이 홍보성 기사라고 하더라도 같은 내용을 담은 광고보다는 훨씬 낫다.

당연한 이야기지만, 홍보 채널은 많이 확보하면 할수록 좋다.

작가 브랜드 만들기

작가란 책을 쓰는 사람이다. 단순히 글을 쓰는 것만으로는 작가라고 불릴 수 없다. 자신의 이름이 박힌 책이 세상에 모습을 드러내야 비로소 작가라고 인정받을 수 있다.

당장 가까운 서점엘 들러보라. 수없이 많은 책들, 책장마다 빼곡히 들어찬 그 책들은 모두 작가의 작품이다. 그 책들의 공통점은 무얼까? 아무리 뒤져봐도 그 안에 나, 당신의 이름은 없다는 사실이다.

우리는 아직 작가가 아니다. 이제 내 책이 세상에 모습을 드러내고, 서점에 깔리고 누군가가 그 책을 구입해 주어야 우리는 작가가 되는 것이다.

그런데, 이렇게 내 책이 팔리기 시작하면, 그래서 작가라는 타이틀을 쥐게 되면 모든 것이 끝나는 것일까? 아무도 내가 작가라는 사실을 알아주지 않는데, 단지 책이 나와서 유통되고 있다는 사실만으로 "나는 작가다!"라고 떠벌리고 다닐 수 있을까?

너무도 자주 들어 이젠 식상하기도 한 말이지만 다시 한 번 말하자면, 현대 사회는 자기 PR의 시대다. 나 스스로 나 자신을 드러내고, 널리 알리고, 마치 하나의 잘 만들어진 상품처럼 홍보를 해야 하는 세상이 되었다는 의미다. 책 한 권 멋지게 만들고 작가라고 불러달라고 하기에는 세상은 너무 빨리 움직인다.

어떻게 하면 내가 작가라는 사실을 알릴 수 있을까?

여기에서 우리는 스스로 멋진 상품이 되어야 한다는 사실을 상기해야 한다. 내가 만든 책이 아니라, 나 자신이 상품이 되어야 한다.

어떤 기능을 갖고 있는지, 가격이 얼마인지 상관없이 모든 상품은 브랜드를 갖고 있다. 가끔은 너무 엄청난 성공을 거둔 덕분에 상품명이 보통명사처럼 사용되기도 한다. 브랜드가 갖는 가치는 상품 자체의 가치를 넘어서는 경우도 많다. 리바이스 청바지가 다른 청바지보다 열 배쯤 튼튼하지는 않지만 그쯤 비싸게 팔린다. 소위 명품이라고 부르는 상품들은 그 상품의 기능이 아니라 상품을 소유함으로써 그 제품의 브랜드를 가졌다는 만족감을 제공한다. 그렇게 스스로 가치를 높이고 소비자가 그 가치를 떠받든다.

갑작스레 내리는 비에 짝퉁 가방을 가진 사람은 가방으로 머리를 가리지만, 명품 가방을 가진 사람은 자신의 품 안에 간직하고 뛴다고 하지 않는가? 브랜드가 중요하다는 걸 알게 해주는 우스갯소리다.

작가는 스스로 브랜드가 되어야 한다.

자신의 실명을 사용할 수도 있고, 책을 쓸 때만 사용하는 필명, 인터넷 활동을 많이 한다면 주로 사용하는 별명을 쓸 수도 있다. 자신의 정체성과 가치를 분명하게 드러낼 수 있는 이름을 브랜드로 해서 널리 알리고 가치를 인정받아야 한다.

분명하게 브랜드를 구축하고 활용해서 자신을 홍보해야 한다. 그런 연후에야 우리는 드디어 남부끄럽지 않은 작가가 될 수 있다.

자신의 브랜드를 알리려면 우선 브랜드를 만들어야 한다. 앞서 언급했듯이 자신의 이름이 되었든, 필명, 혹은 별명이 되었든 자신만의 브랜드를 결정하고 효과적으로 활용해야 한다.

내가 좋아하는 젊은 철학자(라고 부르고 싶다) 이현우 씨는 블로그를 통해 인문학 담론을 꾸준히 포스팅한다. 그리고 그는 '슬라보예 지젝'이라는 현대 철학자의 책을 소개하고 그의 철학관을 이야기한다. 이현우 씨는 '로쟈'라는 별명으로 활동한다. 그가 내는 책에는 '로쟈'라는 자신의 별명을 꼭 넣는다. 내가 최근에 읽은 그의 책 제목은 『로쟈와 함께 읽는 지젝』이었다.(책은 출간된 지 조금 되었다. 내가 최근에 읽었을 뿐이다.) 이현우 씨 정도라면 '로쟈'라는 별명을 브랜드화하여 충분히 활용하고 있다고 할 수 있다.

물론 이름 석 자만으로 충분한 많은 사람들이 있다. 유명 스포츠맨, 연예인, 정치인들이 바로 그들이다. 물론 베스트셀러 작가도 많다. 이들은 자신의 이름만으로도 충분한 브랜드가 된다.

브랜드를 만든다는 것이 꼭 이름을 정하는 것만을 의미하지는 않는다. 이름 이외에도 많은 요소를 감안해야 한다. 하지만 가장 중요한 것은 많은 사람들에게 불릴 이름을 정하는 것이다.

무엇을 자신의 브랜드로 삼을지 결정해야 한다. 신중하게 결정하자. 그리고 한 번 결정하고 나면 절대 바꾸지 말아야 한다. 어렵게 구축한 브랜드를 바꾸게 되면 이 모든 작업이 수포가 되고 처음부터 다시 시작해야 하는 사태가 벌어지니까……

나는 김정한이라는 이름보다는 '노랑잠수함'이라는 인터넷에서 주로 쓰는 별명이 그나마 나을 것 같아서 이걸 브랜드화 할 생각이다. 그동안 인터넷에서 사용하며 쌓아온 것들이 아까워서……

그렇다고 내 이름 김정한을 감추고 싶지도 않다. 그래서 내린 결론은 이현우 씨처럼 별명과 이름을 함께 쓰는 것이다. 책에는 내 이름을 밝히고, 노랑잠수함이라는 별명도 함께 병기하는 방법을 이용할 생각이다.

당신은 어떤 브랜드를 쓸 것인가?

<h1>브랜드 확산 전략</h1>

우리가 스스로 브랜드를 달고, 멋진 상품이 되기 위해서는 지금까지 살아온 나의 모습을 다시 바라보아야 하는 과정을 거쳐야 한다. 나 스스로 내가 누구인지 모르는데 어떻게 브랜드를 만들 수 있겠는가?

브랜드를 만든다는 것은 "다른 사람들이 '나'를 떠올렸을 때 연상하는 특징을 이해(『차이의 전략』 윌리엄 이루다, 커스틴 딕슨, 김현정 옮김, 아고라)"한 후, 부정적인 연상은 배제하고 긍정적인 연상을 극대화시키는 전략이다.

우선 나의 특징을 찾고, 브랜드화 할 만한 가치를 추출해야 한다. 이 단계에서 우리는 많은 충격을 받게 된다. 평생을 내가 나로 살아왔는데, 막상 스스로에 대해 알고 있는 것이 별로 없다는 사실을 깨닫게 된다. 그리고 이 단계에서 포기하는 사람들도 많다. 자신을 돌아보는 과정이 꽤 아프기 때문이다.

일단 친한 친구들에게 물어보라. 나를 떠올리면 무엇이 연상되는지…….

간혹 인간관계, 대화법과 관련된 강의를 진행하게 되면 강의를 듣는 분들과 꼭 해보는 게 있다. 핸드폰을 들고 지금 당장 생각나는 사람 다섯 명에게 문자를 보내게 한다. 내용은 "내가 누구야?" 다섯 글자.

일단 문자를 보내게 하고 강의를 계속한다. 잠시 시간이 지나면 답장이 하나 둘 도착하게 되고, 사방에서 킥킥대는 소리가 들리기 시작한다. 그때 강의를 중단하고 자신이 받은 문자 내용을 큰 소리로 읽어달라고 부탁한다.

별의별 내용이 다 온다. 지금도 기억나는 것은 "낮술 마셨냐?"라는 답장이었다.

그런데 진지하고 심각한 답장도 보게 된다. 무슨 일이 있느냐는 걱정, 영원한 친구라는 든든한 메시지……. 이 문자를 보내는 실습은 의외로 자신을 돌아볼 기회를 만들고, 인간관계를 돌아볼 중요한 계기가 된다.

자신이 누구인지 알았으면, 중요한 내용을 뽑아내어 정리를 해야 한다. 그런 다음 할 일은 일관된 흐름을 갖도록 재배치하고 정리하는 것이다. 여기까지가 브랜드를 구축하는 첫 단추를 꿰는 단계다.

다음으로 할 일은 이렇게 구축한 브랜드를 체계화시키는 것이다.

브랜드 명칭을 정하고, 대표 색상을 찾고, 심지어 머리 스타일과 의상까지 체계화해야 한다. 명함도 만들어야 하고, 그동안 원고를 쓰느라 친숙해진 블로그도 다시 정비해야 한다. 트위터, 페이스북의 프로필 이미지까지 일관되게 정리해야 한다.

마지막으로 할 일이 바로 확산이다. 자신의 브랜드를 널리 알리는 과정이 필요하다. 우리가 살면서 공기처럼 자연스럽게 접하는 게 바로 광고다. TV CF나 신문 광고만 광고가 아니다. 길거리를 나서면 보게 되는 온갖 간판들, 컴퓨터로 인터넷을 할 때면 화면 사방에서 튀어나오는 배너 광고, 집 현관문에 덕지덕지 붙어있는 전단까지, 우리는 광고가 넘쳐나는 세상에 살고 있다.

개인 브랜드를 널리 알리기 위해서, 즉 광고하기 위해서 우리가 명심해야 할 기본 원칙이 있다.

브랜드스토리의 5가지 기본 원칙

연계성 / 명확성 / 진실성 / 일관성 / 재미성

-『브랜드 스토리텔링의 기술』김훈철, 장영렬, 이상훈 공저 엔토르 -

브랜드를 널리 알리려면 적어도 위의 다섯 가지를 지켜야 한다는 말이다. 내 브랜드를 구성하는 핵심 요소 상호간의 연계성, 누구나 한 번 듣고도 잊을 수 없을 정도로 간결하고 명확한 내용, 지나친 미화나 과장을 철저하게 배제한 진실함, 나의 브랜드를 알리는 장치와 무관하게 분명한 메시지를 일관되게 전달해야 하고, 마지막으로 재미있어야 한다.

위에서 소개한 책의 제목은『브랜드 스토리텔링의 기술』이다. 스토리텔링이라는 말이 언제부턴가 흔하게 듣는 말이 되었다. 스토리텔링, 말 그대로 이야기를 말하는 방법이다. 주위에는 입담 좋다고 평가받는 사람들이 있다. 그들의 이야기를 들으면 일단 재미있다. 드라마나 영화를 보면 다음 이야기가 뻔히 보이는 그저 그런 것들부터 마지막까지 궁금증을 이기지 못하게 하는 재미있는 작품도 있다.

최근에는 OSMU(One Source Multi Use)라는 신조어도 등장했다. 말 그대로 하나의 주제를 다양하게 활용한다는 의미다. 인기 있는 소설이 드라마, 영화로 만들어지고 연극 무대에도 오르며 캐릭터 인형을 만들어 팔기도 한다. 또는 캐릭터가 유명해져서 영화, 드라마는 물론이고 게임으로 출시되는 등, 다른 분야로 넓게 포진하기도 한다.

우리가 만들 우리의 브랜드도 이런 과정을 거쳐야 한다. 다음 책도 열심히 써야 하고, 블로그 활동도 꾸준히 해야 하며, 카페도 하나쯤 운영해야 한다. 트위터나 페이스북에도 왕성하게 흔적을 남겨야 한다.

기업체에서 하나의 제품을 만들면 전문가 집단이 모여서 브랜드를 만든다. 가끔은 브랜드가 먼저 만들어지고 브랜드에 맞게 제품을 만들기도 한다. 브랜드를 만드는 데에 드는 비용과 인력이 어마어마하다.

우리는? 그럴 돈도, 시간도 없으니 스스로 열심히 뛰는 수밖에!

자! 책을 내기 위한 모든 작업을 끝냈다. 홍보를 열심히 하기 위해 전략도 세웠고, 브랜드 구축을 위해 노력하고 있으며, 그동안 고생하며 썼던 책도 드디어 출간되어서 내 손에 들어왔다. 인터넷에서 검색을 하니 몇몇 온라인 서점에서 주문이 가능하다! 물론 출판사에서 저자 증정본을 몇 권 받기는 했지만, 한 권쯤 직접 주문해서 받아보기도 한다.

이제 내 책이 세상에 모습을 드러냈다. 요즘 유행하는 축약형 표현으로 하면 '닥잘', "닥치고 잘 팔리는" 일만 남았다.

정말 중요한 건 지금부터다. 책 한 권을 내고 작가가 되었으니 이 책으로 내가 무언가 해야 할 것 아닌가? 유명 작가라면 대형서점에서 저자 사인회라도 열겠지만 우리는 그럴 상황이 되지 못한다.

책을 홍보하기 위해 트위터도 이용하고, 홍보 기사를 작성해서 언론사에 보내기도 해야 한다고 했었다. 책을 낸 다음에도 역시 우리는 바쁘게 움직여야 한다. 책을 팔기 위해서도 그렇고, 책을 통해 또 다른 기회를 만들기 위해서도 그래야 한다.

가장 먼저 생각할 수 있는 것은 저자 특강이다.

내 책이 말하는 주제에 관심 있는 이들을 모아서 강의를 진행하는 것이다. 책을 쓰면서 준비한 자료를 통해 많은 공부를 했고, 그걸 다시 책으로 냈으니 특강을 진행하기 위한 강의 자료 준비하는 것은 어렵지 않다. 필요하다면 유인물도 미리 만들고, 강의안을 준비해서 사전에 연습을 충분히 하면 된다.

특강 대상은?

당연히 내 책에 관심을 가진 사람들이 첫 번째 목표다. 책을 구입한 사람들에게 무료 특강을 진행할 수도 있다. 블로그에 저자 특강 홍보 글을 올리고, 트위터에 멘션을 날린다. 페이스북에 소모임을 만들어서 나와 친구를 맺은 이들에게 널리 알리면 된다. 그래도 강의를 들을 사람이 모이지 않는다면, 책 주제와 관련 있는 카페를 찾아가서 운영자에게 특강을 진행하고 싶다고 의사를 타진해보자.

처음부터 많은 사람들을 모아서 강의를 진행하는 것은 어려운 일이다. 물론 넓은 강의실을 꽉 채운 사람들 앞에서 마이크를 달고 강의를 진행하면 더 없이 좋겠지만, 설령 인원이 적어도 상관없다. 첫술에 배부를 수는 없다지 않는가?

<민들레영토>나 <토즈>같이 소모임 공간을 제공하는 곳에서 대여섯 명만을 모아놓고 해도 된다. 일단 시작하는 것이 중요하다.

저자 특강은 아니었지만, 내 경우 달랑 두 명을 앞에 놓고 강의를 한 적도 있다. 많게는 대형 강당에서 400여 명을 대상으로 강의를 진행한 경험도 있다.

첫 강의는 중요하다. 달랑 한 명만 앉아 있는 상황에서라고 해도 진지하고 열성적으로, 분명한 메시지를 전달해야 한다. 그 한 명의 수강생이 미안한 마음이 들 정도로 열심히 해야 한다. 그 하나가 다음에 둘이 되고, 다시 넷이 된다. 그렇게 시작하는 것이다.

다음으로 내 책에 관심을 가진 사람들의 모임을 만드는 것도 생각할 만하다.

포털 사이트에 카페를 개설해서 회원을 모으는 것도 좋은 방법이다. 물론 카페를 운영하는 것도 쉬운 일은 결코 아니다. 세상에는 너무도 당연하게 쉬운 일은 하나도 없다. 모든 일이 다 어렵다. 우리는 그렇게 어려운 세상을 몇십 년씩 살아온 사람들이다. 아무리 어렵다고 한들 다 해낼 능력을 가진 사람들이다.

카페는 책에서 하지 못한 말, 미처 담지 못한 이야기를 꾸준히 올리도록 하자. 물론 트위터와 페이스북은 여기에서도 힘을 발휘한다. 내가 카페를 만들었고 열심히 운영하고 있다는 사실을 알리기에는 트위터, 페이스북만 한 서비스도 없다.

또 어떤 것들이 있을까?

이 책에서 미처 소개하지 못한 수많은 일들을 할 수 있다. 내가 낸 책 한 권만 있다면 말이다.

그리고 내 책을 활용하기 위한 일을 할 때, 절대 쉽고 편하기를 바라지 말자. 당연히 어렵고 힘든 일이라는 사실을 잊지 말자.

우리는 책도 그렇게 내지 않았는가? 누구의 도움도 없이 스스로 자료를 모으고, 원고를 썼으며 내 돈을 들여서 책으로 냈다.

그러니 내 책을 어떻게 활용하고 어떤 결과를 가져올지도 나 혼자 결정하고 행동해야 한다. 결과는 온전히 내 몫이다.

이제 다시 새로운 길을 찾아가야 한다.

다음 책 준비하기

책을 낸다는 건 스스로에게 어떤 의미를 가질까?

지금 이 책도 마무리되어가는 시점이다. 처음 계획대로 큰 무리 없이 원고가 완성되어 가고 있다. 그런데 갑자기 이 책이 과연 내게 어떤 의미를 가질까 하는 궁금증이 생긴다.

책을 쓰겠다고 관련 자료를 뒤지고, 잘 모르는 것들을 찾아가며 공부하고, 다른 책들을 읽고 밑줄치고…….

그렇게 올 겨울이 지나갔다.

올해 나는 목표를 딱 하나 세웠다. '책 쓰기' 좀 더 구체적으로 세웠다고 해봐야 이거다. "3개월마다 한 권씩, 모두 네 권의 책을 쓸 것!"

지금까지 살면서 낸 책이 모두 네 권이다. 그런데 올해는 그만큼의 양을 한 해에 끝내겠다고 결심했다.

책을 내기 위해서는 스스로를 못살게 굴어야 한다. 편하게 현실에 안주하며 살려고 한다면 책을 쓸 이유가 없다. 그런데 우리는 책을 쓰겠다고 덤벼드는 사람들이다. 그것도 책 내주겠다는 출판사가 없다고 스스로 알아서 책을 내는, 무모하기까지 한 사람들이다. 책을 쓰라고 등을 떠민 사람도 없다. 그냥 스스로 알아서 등 떠밀리며 책을 썼다.

책 한 권을 쓰고 나면 일단 성취감이 찾아올 것이다. 큰 산을 넘은 것 같은 그런 기쁨을 느낄 수 있을 것이다. 그런데 그렇게 한 권의 책에 만족하고 다시 현실로 돌아갈 것인가?

책이 인쇄되어 나오면 저자증정본이라는 명목으로 출판사에서 몇 권을 받게 된다. 그렇게 받은 책을 유심히 들여다보면 만족감보다는 아쉬움이 더 크다. 만일 오타나 잘못된 문장을 만나게 된다면 실망이 더 커지겠지만, 그런 문제가 아니어도 책 내용이 부족하다고 느끼고 더 할 말이 남았다는 생각이 든다.

"아! 이 부분은 더 집중적으로 이야기를 했어야 하는 건데……." 뭐 이런 것 말이다.

한편으로는 "이제 뭐 하지?" 하는 기분도 든다. 뭔가 허전하기도 하고, 갑작스레 어딘가 혼자 남겨진 그런 마음도 든다.

이런 감정 상태는 무엇을 의미하는 것일까? 쉽게 "큰일을 끝내고 난 뒤에 찾아오는 잠깐의 심리적 허탈감" 정도로 치부하고 말 것인가?

무슨 일이든 처음이 제일 어렵다. 책을 쓰는 것도 지금 이 책, 마무리 지은 이 책이 가장 어려운 고비였고, 우리는 그 고비를 무사히 넘긴 것이다. 게다가 책 한 권을 완성하느라 좋은 습관도 생겼다. 매일 꾸준히 글을 쓰는 습관이 그것이고, 눈에 띄는 것은 무엇 하나 소홀이 넘기지 않고 꼼꼼하게 확인하고 자료로 만드는 습관이 그것이다.

작가는 책을 한 권 쓴 사람을 말하는 것이 아니다. 앞서 소개한 명로진 작가의 말처럼 '지금 쓰고 있는 사람'이 작가다. 책을 한 권 써서 책을 내고 손을 뗀다면 그냥 '책 한 권 낸 사람'일 뿐이다.

자! 다음 책을 준비하자.

다시 처음부터 시작하는 거다. 뭘 해야 하지?

주제를 정하자. 혹시 첫 작품을 끝내고 난 뒤, 계속 머릿속을 맴도는 무언가가 있다면 그게 바로 우리의 다음 책으로 만들 이야깃거리다.

그런 게 떠오르지 않는다면?

다시 이 책의 처음으로 돌아갈 일이다.

책 쓰는 블로그 플랜

PART 8

필요한 것들

출판 기획서 〈책 쓰는 블로그〉

집필 의도

사람은 누구나 자신만의 역사를 갖고 있다. 이렇게 소중한, 자신이 걸어온 길을 온전히 남기기 위해서는 책을 써야 한다. 책을 쓰는 것은 아무도 모르는 나만의 역사를 남기는 행위다. 그렇게 쓴 책이 세상에 나오면 오롯하게 작가의 삶을 그대로 간직한 작품이 만들어지는 것이다.

누구나 작가를 꿈꾸지만 아무나 작가가 될 수는 없다.

책을 내기 위해서는 오랜 시간동안 책상 앞에 앉아, 200자 원고지에 만년필로 글을 쓰든, 워드프로세서를 이용해 키보드로 타이핑을 하든 해야 한다. 한 권의 책으로 만들 분량의 글을 쓴다는 것은 결코 쉬운 일이 아니다.

더 큰 문제는 그렇게 어렵게 완성한 원고를 들고 출판사 문을 두

드린다고 해서 무조건 출간되지 않는다는 것이다. 그렇다고 해서 자신이 돈을 들여가며 책을 내기에는 너무 부담이 크다. 설령 그렇게 책을 낸들 어떻게 책을 팔 것인가?

이렇게 오늘도 우리는 내일의 베스트셀러를 사장시키고 있다.

우리나라에 블로그가 소개된 것은 한일월드컵이 열렸던 그 뜨거운 2002년경이다. 그 해, 온 나라를 들썩이게 했던 월드컵 함성처럼 인터넷에서는 블로그의 가능성에 열광했다.

그리고 십여 년…….

블로그는 이제 일상이 되었다.

누군가는 인터넷 논객이 되어 뉴스 비평을 남기고, 누군가는 철학자가 되어 자신만의 논조로 진리를 말한다. 시인은 시를 발표하고, 가정주부는 생활의 지혜를 이야기한다.

최초의 블로그는 개인 일기장의 역할을 하며 세상에 등장했다. 블로그의 사전적 의미는 '일인 미디어', '대안 미디어'이다. 기존의 미디어가 하지 못한 많은 것들을 이루어 낸 것도 블로그이며, 블로그를 통해 이슈가 되는 경우도 종종 목격한다.

블로그의 장점은 한 번에 많은 것을 채울 필요가 없다는 데에 있다. 매일 일기를 쓰듯 그렇게 조금씩 채워나가면 된다. 한 달, 반년, 일 년…….

시간이 흐르며 쌓인 글들을 모아서 책을 낸다면 어떨까?

미국에서는 인터넷으로 주문을 하면 단 한 권이라도 책을 만들어주는 서비스를 만날 수 있다.(http://www.lulu.com) 정식으로 ISBN을 배정받고 아마존을 통해 판매할 수 있는 옵션을 제공한다. 이렇게 개인이 자신의 책을 출판해서 아마존을 통해 전 세계에 판매할 수 있는 창구가 열린 것이다.

우리나라 역시 디지털 맞춤형 출판 시스템을 갖춘 출판사가 속속 등장하고 있다. 과거처럼 원고를 써서 출판사 문을 두들기며 책을 내기 위해 헤맬 필요가 없는 세상이 도래한 것이다.

게다가 과거의 자비출판처럼 엄청난 돈을 들여야 할 필요도 없다. 정식으로 국립중앙도서관에 납본을 해서 작가로 등록될 수 있는 서비스를 저렴한 비용으로 만날 수 있다.

판매를 원하지 않으면 소량 출판을 통해 지인들에게 선물하거나, 정식으로 서점에 유통시킬 수 있는 서비스를 상당히 저렴한 비용에 제공하는 출판 서비스가 자리를 잡고 있다.

이제 블로그에 자신만의 원고를 쓰자.

그렇게 만든 원고를 책으로 내자.

이제부터 블로그로 내 책을 갖는 프로젝트에 돌입하는 것이다.

시대적 필요성

몇 년 전, 서울대학교에서 신입생을 대상으로 작문 능력을 테스트한 결과, 수준이 너무 낮았다고 하는 기사가 이슈가 된 적이 있다. 그 이후로 서울대학교에서는 교양과목으로 작문 과목을 개설했다고 한다.

대학교에 입학하기 위해 논술을 배우고 시험을 치르는데도 불구하고 작문 능력은 형편없이 떨어지고 있다고 한다.

대학생들은 저마다 취업이 어렵다며 경쟁력을 갖추기 위해 스펙 쌓기에 골몰한다. 직장인들 역시 마찬가지다. 누구나 다 해서 이젠 필수가 되어버린 어학 능력에서부터 온갖 자격증까지…….

이런 시대에 남들과 차별화되고 누구에게나 인정받을 수 있는 경쟁력을 위해 책을 한 권 쓰는 것은 어떨까?

출판이 예전처럼 문턱이 높기만 한 세상이 아니다. 게다가 자비출판의 경우, 비용도 많이 저렴해졌고, 목적과 예산에 맞춰 선택할 수 있는 다양한 서비스가 구성되어 있다. 최근 〈책 쓰기〉 열풍이 부는 것도 바로 이런 시장의 변화가 주도하고 있다.

가장 큰 문제는 '어떻게 쓸 것인가?'를 해결하는 것이다. 사실 바쁘게 살아가는 현대인에게 오랜 시간동안 꾸준히 책을 쓰는 것은 결코 쉽지 않은 일이다. 원고를 관리하기도 힘들다.

이젠 블로그가 그 해결책을 제시할 시대가 아닐까?

블로그라는 용어가 일상생활에 깊게 자리를 잡은 지금, 블로그는 온갖 콘텐츠를 생산하고 있다. 블로그를 운영하는 그 노력 그대로 책을 쓰면 된다. 사실 블로그는 우리의 생활과 밀접하게 자리를 잡은 지 오래되었다.

조금만 생각을 달리하면 블로그는 충분히 책을 쓰는 도구로 활용할 수 있다. 게다가 책을 쓰는 데 꼭 필요한 동기 유발을 제공할 수 있다. 방문객이 블로그에 쓴 원고를 읽으며 의견을 달아주고 비평을 하며 고맙다고 인사를 한다. 글을 쓰는 이에게 이보다 큰 응원은 없다. 책을 쓸 충분한 원동력이 된다.

블로그로 자료도 모으고, 원고도 쓰고, 독자의 의견도 듣는다. 그렇게 꾸준히 쓴 글을 모아 스스로 책을 낸다. 이게 핵심이다.

누구도 내 책을 기다리지 않는 세상에서 내 책을 세상에 알리고 책을 출간하는 것! 현대 사회를 살아가는 우리에게 정말 커다란 방패와 창을 안겨줄 것이다.

작가 소개

김정한, 인터넷에서는 노랑잠수함이라는 별명으로 활동한다.

대학원에서 멀티미디어 디자인을 전공하였고, 이후 십년간 수도권 대학교에서 컴퓨터 그래픽, 멀티미디어 관련 강의를 했다.

홈페이지 제작, 관리 전문회사에서 프로젝트 매니저 업무를 담당했었다.

지금은 주로 인터넷 마케팅, SNS와 관련된 강의를 하고 있다.

몇 년째 책을 내기 위해 고민하며 글을 쓰면서도 출판사에서 번번이 거절을 당하기만 하다가 "이럴 바에야 내 손으로 직접 책을 내고 만다!"는 결심을 하고 실행에 옮긴 첫 번째 작품이 바로 〈책 쓰는 블로그〉이다.

2012년, 석 달마다 한 권씩 책을 내겠다는 결심을 하고 두 번째 책을 준비 중이다.

기존의 책들과의 차별성

시중에는 블로그 운영, 사용 방법에 관한 매뉴얼 수준의 책들이 많이 나와 있다. 또한 책 쓰기, 글쓰기에 관한 책 역시 무수히 많다. 번역서부터 국내 작가의 책들까지 무척 많은 책이 블로그에 대해, 책을 쓰는 방법, 좋은 글을 쓰는 방법을 설명하고 있다.

하지만 아직 그 누구도 책을 쓰기 위한 도구로 블로그를 바라보지 않는다. 블로그는 블로그일 뿐이고, 책은 책일 뿐이다.

세이하쿠 박성호 님의 『한국형 블로그 마케팅』이 출간된 해가 2007년이다. 이 책은 작가가 블로그에 연재한 글을 취합하고 블로그 운영자 인터뷰 등의 내용을 더해서 출간한 것이다.

이외에도 무수히 많은 사람들이 블로그에 연재한 글을 모아 책을 냈다. 또한 블로그로 유명해져서 블로그의 주제와 비슷한 내용의 책을 내기도 한다.

블로그로 글을 써서 책을 내는 사례가 증명하듯, 실제로 블로그는 책 원고를 쓰기에 적합하다.

아직까지는 '블로그로 책을 쓴다'가 아니라 '블로그에 올린 글들을 모아서 책을 낸다'는 생각이 강하다.

책을 내겠다는 의지로 블로그에 글을 연재한다면 훨씬 더 짜임새 있는 작업을 진행할 수 있다.

이 책은 이 부분에 주목했다.

친절한 글쓰기 설명, 책을 잘 쓰려면 어떻게 해야 하는가에 대한 설명, 블로그를 예쁘고 보기 좋게 꾸미는 방법에 대한 설명은 없다. 시중에 이런 부분에 대해 설명하는 책은 차고 넘친다.

이 책은 오로지 블로그를 이용해서 책을 쓰는 부분에만 집중했다.

매일 일기 쓰듯 그렇게 원고를 쓰고 그걸 모아 스스로 책을 내려는 사람들에게 조언을 해주는 역할을 하고 싶다.

책 쓰는 블로그

말 그대로 블로그를 이용해 책을 쓴다는 것을 짧고 간결하게 보여주기 위해 선택한 제목이다. 처음에는 서술형으로 〈내 책을 쓰기 위한 블로그의 활용〉이나 〈블로그로 내 책 쓰기〉와 같은 제목을 생각했지만, 짧고 쉽게 읽을 수 있는 제목이 낫다는 판단으로 〈책 쓰는 블로그〉로 정했다.

목차는 크게 8개의 장으로 구성되어 있으며 각 장은 4~6개의 소제목으로 나누었다.

0. 서문: 이 책을 쓰게 된 동기, 이 책의 특징 등을 정리했다.

1. 내 이름이 박힌 책 한 권: 우리에게 자신이 쓴 책이 갖는 의미는 무엇인가를 정리했다.

2. 왜 블로그인가?: 책을 쓰는 사람에게 블로그가 필요한 이유

3. 무엇을 쓸 것인가?: 주제를 정하고 전개하는 방법

4. 어떻게 쓸 것인가?: 자료를 모으고, 정리하고 원고를 작성하는 방법

5. 책 한 권 분량의 글쓰기: 책을 쓰기 위해 필요한 내용을 세부적으로 정리

6. 책 만들기 전략: 단순히 원고를 작성하는 것이 아니라 출판단계까지 직접 확인하는 작업이 필요하다는 내용

7. 작가 데뷔 성공 전략: 책이 나오면 작가로서 다양한 활동이 필요함

8. 필요한 것들: 블로그로 책을 쓰기 위해 필요한 각종 요소들, 샘플 자료

예문:

원고 완성 시기: 2012년 3월 중

기타:

효과적인 블로그 활용 방법

블로그를 제공하는 서비스 업체가 워낙 많고, 특성이 다르다 보니 어느 곳을 선택하라고 추천하는 것은 의미가 없다. 현재 사용하고 있는 블로그가 있다면 굳이 다른 블로그를 찾아서 다시 익히는 것보다 그냥 사용하는 것이 훨씬 낫다.

여기에서는 큰 특징 몇 가지만 짚고 넘어가자.

우선 블로그 서비스를 제공하는 업체의 특성에 따른 차이가 있다.

네이버, 다음, 네이트와 같은 포털 사이트에서 제공하는 블로그 서비스가 있다. 나 역시 〈책 쓰는 블로그〉 원고를 네이버 블로그에 연재하면서 집필했다.

다음으로 블로그 서비스만 전문적으로 제공하는 경우가 있다. 국내에서 대표적으로 블로그 전문 서비스로 꼽는 곳은 이글루스와 티스토리이다. 이글루스는 현재 SK커뮤니케이션즈, 티스토리는 다음커뮤니케이션즈에서 운영하고 있지만 각 회사의 기존 서비스와 관계없이 블로그만 전문적으로 서비스하고 있다.

티스토리의 경우에는 기존 회원의 초대장을 받아야 회원 가입을 할 수 있도록 되어있다. 일종의 귀족 마케팅이라고 볼 수 있겠다.

사용자가 그리 많지 않고, 비교적 전문적인 지식과 장비가 필요하다는 문제가 있기는 하지만 가장 마음 편하게 사용할 수 있는 설치형 블로그도 있다. 이는 서버로 사용할 컴퓨터에 블로그 운영을 위한 프로그램을 직접 설치해서 운영하는 경우를 말하는데, 서비스형 블로그와 비교하면 각기 장단점이 있다.

블로그에 원고를 개제하여 책을 쓰고자 한다면 집필에 필요한 모든 것들을 블로그로 한정지을 필요가 있다. 가령, 자료는 집에서 사용하는 컴퓨터에 모아 두고 원고작성만 블로그에서 진행한다면, 밖에서 원고를 쓰다가 긴급하게 자료가 필요할 때 아무런 도움을 받을 수 없다. 또한 인터넷을 통해 자료를 수집한다면 이것 역시 별도로 모아둘 필요가 있다. 책을 읽다가 인용할 만한 구절을 만났다면 이것도 어디엔가 메모를 해두어야 한다.

이 모든 것들을 블로그에서 진행하면 실제 원고를 집필할 때 훨씬 편하다.

내 경우에는 책 목차를 기준으로 만든 카테고리에 원고를 올린다. 더불어 자료를 모아 두기 위한 카테고리를 별도로 만들어서 모든 자료를 모아둔다. 이렇게 하면 블로그에 원고를 올리면서 필요한 자료를 찾기 위해 컴퓨터 폴더를 뒤지는 번거로움을 없앨 수 있다.

만일 추가, 또는 수정을 위해 해당 자료가 있는 포스트를 수시로 뒤져봐야 하는 경우에는 어떻게 해야 할까? 이 경우에는 트랙백 기능을 활용하면 해결할 수 있다. 원고 본문 내에 자료 출처에 해당하는 포스트 제목을 적고 포스트 주소를 트랙백 걸어두면 언제든 쉽게 찾아볼 수 있다.

우리가 원고 작성을 위해 스크랩하거나 베껴 쓴 자료는 저작권의 보호를 받는 경우가 많다. 따라서 자료 스크랩을 위한 카테고리는 아예 비공개로 설정해두는 것이 안전하다. 자료를 올리면서 각각 비공개 선택을 할 수는 있지만, 실수로 공개로 설정하게 될 수도 있으니 스크랩용 카테고리는 비공개로 설정해 두는 편이 훨씬 안전하다.

원고에 사진을 활용해야 할 경우엔 어떻게 해야 할까?

네이버는 'N드라이브'라는 이름으로 30기가 용량, 다음의 경우에는 '클라우드'라는 이름으로 50기가 용량의 클라우드 서비스를 제공한다.

클라우드 서비스는 편의성이 높은 개인용 웹하드 서비스라고 이해하면 된다. 최근 스마트폰 사용자가 늘면서 스마트폰에서도 쓸 수 있도록 앱을 배포하고 있다. 이 클라우드 서비스를 적절하게 활용하면 아주 유용하게 사진을 활용할 수 있다.

블로그에 직접 올리는 원고의 경우에는 고해상도 이미지를 활용하는 것이 불편하다. 원고 전체의 레이아웃을 깰 수도 있고 이미지가 너무 크면 보기에도 안 좋다. 하지만 출판을 위해서는 고해상도의 이미지가 필요하다.

이때 클라우드 서비스를 이용하면 쉽게 해결할 수 있다.

책에 쓰일 사진을 미리 자신의 클라우드에 업로드 한다. 당연히 사진 크기 옵션은 원본 크기로 지정해둔다. 다음, 블로그에 원고를 올리면서 사진을 클라우드에서 찾아서 크기를 적절하게 조절해서 올리도록 한다. 이러면 원고에 올린 이미지의 원본을 따로 보관하고 찾기 위해 고심할 필요가 없다.

클라우드 서비스는 사진 이외에도 활용할 범위가 많다.

가령, 원고를 블로그에 연재하면서 동시에 워드프로세서 파일로도 만들려고 한다거나, 특별한 이유로 블로그에 포스팅하기 어려운 자료가 있을 경우에는 클라우드를 이용하면 좋다. 물론 용량이 너무 크면 문제가 되겠지만, 30기가, 50기가나 되는 용량이 부족해서 자료를 올리지 못하는 경우는 거의 없을 것이다.

나는 네이버 N드라이브를 USB 메모리 대용으로, 다음 클라우드는 업무용으로 활용한다. N드라이브는 '내 컴퓨터' 폴더 안에 저장 장치처럼 활용하는 기능이 아주 뛰어나다. 다음 클라우드의 경우에는 컴퓨터에 별도의 폴더를 만들어서 데이터를 상호 동기화하는 기능을 편하게 사용할 수 있다. 이 기능은 동기화 폴더 안에 새로운 데이터를 만들거나 기존 데이터를 수정, 삭제할 경우 바로 적용해 주는 기능이다. 최근 네이버 N드라이브에서도 폴더 동기화 기능을 제공하고 있다.

네이버의 경우, 네이버 미 서비스에서 네이버 워드라는 기능을 제공한다. 이는 블로그나 게시판, 이메일로 글을 쓰는 것과는 다르다.

아예 MS워드용 문서로 저장할 수 있다. N드라이브에 저장할 수도 있고, 메일, 블로그, 카페 등에 해당 내용을 보내는 기능도 제공한다.

간단한 메모 기능을 제공하기도 한다. 네이버 미 서비스에서 제공하는 메모 기능 역시 스마트폰용 앱을 배포하고 있고, 컴퓨터에 설치할 수 있는 프로그램도 제공한다. 이 서비스는 스마트폰, 컴퓨터, 네이버 미를 모두 연동해서 사용할 수 있으며 어느 한곳에서 메모를 하거나 수정, 삭제를 할 경우 동기화를 통해 사용 중인 모든 기기에서 최신 상태로 업데이트해준다.

블로그로 책을 쓴다는 것은 단순하게 원고 작성만 블로그를 활용하는 것을 의미하지 않는다. 가능한 한 책을 쓰기 위한 모든 요소들을 블로그를 통해 해결하는 것이야 말로 블로그를 책 쓰는 도구로 만드는 것이다.

사실 인터넷 서비스 업체들이 제공하는 기능들은 엄청나게 많다. 우리가 주로 사용하는 기능이라야 메일, 쪽지, 블로그, 카페 정도지만 조금만 관심을 기울이면 생활을 편하게 해주는 온갖 기능들이 우리의 선택을 기다리고 있다. 게다가 모두 무료 아닌가?

뭐든 처음에는 어색할 수밖에 없다. 조금만 익숙해지면 훨씬 쾌적한 환경에서 책을 쓸 수 있다.

잘 살펴보자. 여러분이 이 책을 읽는 시점에 무언가 또 다른 멋진 서비스가 새로 시작되고 있을지도 모르니…….

개인 브랜드 확립을 위한 요소

앞서 개인 브랜드가 중요하다는 이야기를 했다. 그렇다면 보다 구체적으로 자신만의 브랜드를 확립하기 위해 어떤 부분에 신경 써야 할까?

개인 브랜드에 관한 책도 많이 출간되어 있고, 전문적인 교육을 진행하기도 하니 보다 심층적으로 접근하기 위해서는 해당 자료를 찾아보는 것이 나을 것 같다.

여기서는 간략하게 어떤 단계를 거쳐 무엇을 해야 하는지에 대해서 살펴보도록 하자.

개인 브랜드를 확립하기 위해서는 몇 가지 단계를 거치게 된다.

1. 자신 파악하기
2. 목표 설정하기

3. 브랜드 구성 요소 확립하기

4. 브랜드 정체성 설정하기

5. 장래 비전 및 사명 부여하기

6. 브랜드 포지션 설정

1단계 '자신 파악하기'는 자기 자신에 대해 깊이 생각하고 스스로를 알아가는 과정이다. 우리는 의외로 내가 누구인지, 어떤 성향을 가졌는지 잘 모른다. 이 단계에서 우리는 스스로 눈을 감고 싶은 자신의 깊은 내면을 들여다봐야 할 수도 있다. 나쁜 습관은 무엇인지, 당장 시급하게 해결해야 할 문제는 없는지도 고민해야 한다. 물론 자신만의 삶에 대한 열정, 가치관, 직업관 등에 관한 부분도 빼놓을 수는 없다.

무엇이 나를 슬프게 하는지, 의욕을 떨어트리는지, 또는 잠을 설치게 할 정도로 설레게 하고 가슴 뜨겁게 하는 것은 무엇인지 꼼꼼히 살펴보도록 하자.

이렇게 스스로를 파악하는 단계에서는 그 모든 것들을 기록해야 한다. 가능한 한 짧고 단순한 문장, 단어로 정리할 필요가 있다. 처음부터 이렇게 정리하기 어렵다면 편하게 문장으로 서술한 후 다시 축약할 수도 있다. 몇 가지 요소를 정해서 체크리스트를 만들어 기록하면 나중에 한눈에 파악할 수 있으므로 편하다.

2단계 '목표 설정하기'는 말 그대로 내가 살아가는 이유가 될 수 있는 중요한 단계이다. 내 삶의 목표를 먼저 정하자. 나중에 임종을 맞이하게 될 때, 내가 행복한 미소를 지으며 눈을 감을 수 있도록 해주는 것은 과연 무엇일까?

말을 조금 바꾸어 보자. "내 꿈은 무엇일까?"라는 질문에 대답을 해보자는 것이다.

"꿈에 마감 날짜를 정하면 목표가 되고, 그 목표를 잘게 나누면 계획이 되며, 그 계획을 하나하나 이루어가면 꿈은 실현되는 것이다." 라는 말이 있다.

2단계 목표 설정은 바로 이 작업을 하는 단계다.

내 꿈은 무언지, 내 삶의 최종 목표를 정하도록 하자. 그 꿈, 목표를 위해 다시 장기, 중기, 단기로 나누어 세부 목표를 정하는 것이다. 장기 목표는 길게는 몇 십 년 후가 될 수도 있다. 적어도 십 년쯤 뒤의 내 모습을 정해보자.

그리고 다시 5년, 3년, 1년 단위로 끊어서 정리를 해보자. 이것이 중기 목표가 된다.

마지막으로 단기 목표를 정리하자. 단기 목표는 1년 이내의 목표를 말한다. 이 책에서도 몇 번 언급을 했지만, 나의 단기 목표, 즉 금년 목표는 딱 하나다. "1년간 네 권의 책을 출간하기!"

가능한 한 세밀하고 꼼꼼하게 정리하는 편이 좋다. 막연하고 두루뭉술하게 목표를 정하면 성과를 측정하기 어렵다. 내 경우, 1년에 네 권의 책 쓰기라고 정하고 나니까 이게 한 권을 쓰는 데 6개월이 걸려도 문제가 되지 않는다. 남은 6개월 동안 세 권을 내면 되니까. 하지만 이렇게 되면 막판에 가서 실패할 것이 뻔히 눈에 보인다. 그런 이유로 1년에 네 권을 3개월에 한 권씩으로 세분화했다.

물론 목표는 언제든 수정할 수 있다. 중요한 것은 최종 목표다. 최종 목표가 변하지 않는 한, 나머지는 언제든 수정이 가능하다. 세상은 변한다. 따라서 나의 목표를 이루기 위한 수단 역시 변할 수 있다. 마지막 최종 관문만 변하지 않으면 된다. 물론 특별한 계기, 가령 종교적인 이유 때문에 목표를 바꾸게 될 수도 있다. 이럴 경우에는 앞의 1단계에서부터 다시 시작하면 된다.

3단계인 브랜드 구성 요소 확립하기는 자신의 능력을 재점검해 보는 과정이다. 성격의 장단점, 인간관계, 업무 능력, 전공과 경력, 심지어 다른 이들에게 듣는 첫인상에 대한 부분까지 꼼꼼하게 확인해야 한다.

이 과정이 중요한 이유는 바로 브랜드의 확산을 위한 전단계이기 때문이다.

대인 관계에서 친화력이 좋은지, 유머러스한 성격인지, 대인 기피가 심하지는 않은지, 일을 할 때 추진력 있게 진행하는 편인지, 속도는 느리지만 꼼꼼한 편인지 아니면 치밀하지는 못해도 빠르게 진행하는 능력이 뛰어난지 확인해야 한다.

말을 조리 있게 잘 한다거나, 다른 이들의 감정 변화를 빠르게 알아내는 능력이 있다거나……

이 모든 것들은 자신의 브랜드를 구축하기 위한 구성 요소를 정리하는 과정이 된다. 물론 이 작업 역시 꼼꼼하게 기록해야 하며 단어, 짧은 문장으로 구성하도록 한다.

4단계 '브랜드 정체성 설정하기'에서는 지금까지 자신에 대해 살펴본 내용을 토대로 자신의 브랜드를 구체적으로 정의하는 과정이다.

외적 요소, 감성 요소, 기능 요소로 구분하여 정리하면 된다.

외적 요소는 자신의 패션 감각, 인상 등 남들이 보고 평가하게 될 부분들을 정리한다.

기능 요소는 업무 능력, 경력 등을 중심으로 정리한다. 자신이 쓴 책에 관한 부분도 함께 정리하도록 한다.

감성요소는 성격, 흥미도 등에 관한 부분을 정리하는 것이다.

위의 세 가지 요소를 정리할 때 중요한 점은 명확하게 정의하기 위해 단어로 나열하는 것이다.

외적요소: 친절하고 호감 가는 - 패션, 밝은 색 정장, 유행을 따르지 않고 개성 있는, 웃는 모습이 매력적인

기능요소: 트렌드 전문가 멀티미디어 전문가 - 멀티미디어 석사, 제품디자인 학사, 웹 프로젝트 매니지먼트 경력 4년, 대학 출강 10년, 교재 출판 4권, 〈책 쓰는 블로그〉 출판, IT 관련 특허출원, 리더십, 팀 운영 능력 탁월, 문장 능력.

감성요소: 열정, 끈기, 긍정적 - 열정적, 부지런한, 포기하지 않는, 행복한, 즐거운, 책임감 있는.

위와 같이 정리하고 나면 자신을 객관적이고 구체적으로 표현하게 되므로 스스로를 돌아볼 수 있는 기회도 되고 명확하게 자신을 객관화할 수 있다.

5단계 '장래 비전 및 사명 부여하기'에서는 앞서 2단계에서 설정한 목표를 스스로에게 구체적으로 부여하도록 한다.

흔히 원하는 것을 종이에 쓰면 이루어진다고 한다. 이 말은 시각화, 구체화된 요소가 알게 모르게 나 자신을 바꾸어 나간다는 것을 의미한다.

직장에서 일을 하다 보면, 새로운 상황이 벌어지게 될 때 그와 관련된 문서를 받게 된다. 새로운 근무지로 발령을 받게 되면 발령장을, 새로운 직책을 맡게 되면 임명장을 받는다. 이런 문서를 받게 되면 마음가짐을 새롭게 하게 되고 새로운 일, 환경에 적응하기 위해 긴장하게 된다.

자신의 목표, 삶의 꿈을 보다 구체적으로 명기해서 스스로에게 부여하는 단계가 바로 5단계다.

특히 사명은 단순하게 내가 하고 싶은 일을 의미하지 않는다. 그리고 책임감을 위해서도 궁극적이고 원대한 내용으로 작성하도록 한다.

[나는 인류의 행복과 보다 인간다운 삶의 질을 높이는 데에 이바지한다. 나의 능력과 건강한 가치관을 실현할 뜨거운 열정으로 사명을 이루도록 노력한다. 나의 트렌드 분석 능력과 디자인 재능을 통해 고귀하고 행복한 인류의 삶을 이루는 데에 적극적으로 공헌한다.]

너무 거창하고 겉멋만 번지르르한 말 같지만, 이렇게 스스로의 가치를 높이는 표현이 중요하다.

마지막으로 6단계 '브랜드 포지션 설정'에서는 5단계와는 다르게 아주 구체적으로 브랜드 포지션을 설정해야 한다.

목표가 되는 타깃 소비자, 자신만의 차별성은 무엇인지, 차별화할 수 있는 이유는 무엇인지 정리하도록 한다.

이 작업은 스스로 자신의 브랜드를 어떻게 극대화하고, 목표 시장을 설정 혹은 생성하는지, 어떻게 마케팅 전략을 펼칠지 정의하는 데 활용된다.

또한 작가로서 앞으로 어떤 분야의 책을 지속적으로 쓸지 결정하는 데에도 도움을 줄 것이다.

위의 내용은 『퍼스널브랜드 성공전략서 YOU』 (임문수, 백지원, 서광희 저 넥서스BIZ출판)의 내용을 참고 및 인용하였음.

〈책 쓰는 블로그〉를 끝내며

지난겨울 내내 이 책의 원고를 붙잡고 씨름을 했고, 겨울을 보내며 원고를 마무리 했다. 책을 한 권 쓴다는 것은 결국 시간과의 싸움이라는 걸 실감하며 보낸 한 계절이다.

현대사회는 스스로 자신의 경쟁력을 키워야 살아갈 수 있는 세상이다. 책을 한 권 낸다는 것, 작가가 된다는 것 역시 자신의 경쟁력을 키우고 스스로 성장하는 밑거름이 된다.

대학 입시를 위해서 에세이를 쓰려는 학생도 있고, 직장생활을 하면서 업무 경쟁력을 키우기 위해 책을 쓰려는 사회인도 있다. 인생의 황혼기에 자신이 살아온 시간을 정리하기 위해 책을 쓰고자 하는 사람도 있을 것이고, 아예 전업 작가로 작품 활동을 하고 싶은 이도 있겠다.

책을 쓰고 싶은 사람은 많고, 그들이 책을 써야 할 이유도 부지기수지만 여전히 출판의 벽은 높다.

나 역시 오랜 시간을 들여 공부하고 원고를 썼지만 책을 낸다는 것은 결코 녹록한 일이 아니었다.

원고를 쓰는 동안 내 강의를 듣는 분들의 이야기를 들었다. 대부분 비슷한 말들을 하신다. "책 한 권쯤 내면 좋죠. 그런데 내가 뭐 그럴 수준이 되나요?", "쓰고 싶기는 한데 시간이 없어요."

〈책 쓰는 블로그〉의 시작점은 바로 이 부분이다.

바쁜 사람은 바쁜 대로 시간을 쪼개면 된다. 시간 많은 사람이 반년 걸려 책을 한 권 쓴다면, 우리는 바쁘니까 일 년 걸려서 쓰면 된다.

사실 시간 많은 사람이라고 해서 책을 쓰지는 못한다. 책을 쓴다는 건 자신과의 싸움이다. 책을 내는 많은 사람들이 사실은 없는 시간을 쪼개어 원고를 채워나가는 경우가 더 많다.

이 책을 집어 들고 여기까지 읽은 분이라면 분명 책을 쓰고 싶은 열망을 가진 사람일 것이다. 그 열망을 이루는 데 필요한 것은 하겠다는 결심, 그리고 매일 단 한 줄이라도 글을 쓰는 실행력이다.

블로그를 통해 책을 쓰자고 말을 했지만, 블로그는 단지 바쁘고 시간 없는 우리가 조금 더 효율적으로 책을 쓰기 위한 수단일 뿐이다.

아무리 좋은 방법을 이야기해도 정작 스스로 행동하지 않는다면 아무런 소용이 없다.

책을 한 권 쓰는 것이 힘든 만큼, 책을 썼다는 것은 스스로에게 큰 보상이 된다. 설령 그것이 경제적인 보상이 아니라고 할지라도 말이다.

경제적인 보상만을 바라고 책을 쓰려고 한다면 일찌감치 포기하는 것이 낫다. 수많은 책들이 새로 나오지만 그 중에서 베스트셀러는 얼마 없다. 극히 드물다고 해야 할 것이다.

책을 쓰는 것은 책을 쓰는 그 자체로 이미 보상이 된다. 어쨌든 내가 쓴 책, 내 이름이 들어간 책 한 권을 손에 넣었으니 말이다. 게다가 책을 쓰는 시간만큼 스스로 성장했음을 느낄 수 있다.

직접 해보지 않은 일은 자신에게 아무런 도움이 되지 못한다. 먹어보지 못한 음식이 아무리 맛이 있다고 한들 나는 그 맛을 모르니 궁금하기만 할 뿐 알지 못하는 것과 같다.

이제 나는 다음 책을 준비하고 있다.

지금은 자료를 준비하고, 어떻게 써야 할지 구상을 하고 있는 중이다.

앞으로 또 한 계절을 원고와 씨름하며 보낼 생각을 하니 아득하기도 하고, 한 편으로는 설레기도 한다. 이번에 쓸 책의 주제를 결정하게 된 것도 〈책 쓰는 블로그〉 원고를 쓰는 중에 떠오른 아이디어다. 책을 쓰다 보니 어떤 일이든 모두 책과 연관 지어 생각을 하게 된다.

어렵게 책을 쓰기 위한 발걸음을 떼었으니 한걸음씩 내딛어야 하지 않을까?

우리 모두 자신의 책을 한 권씩 들고 웃으며 만났으면 좋겠다.